FUSION FANTASTIC STORY

가프 장편 소설

9급 공무원 포에버

Forever

9급 공무원 포에버 1

가프 장편 소설

초판 1쇄 찍은 날 § 2015년 1월 19일
초판 1쇄 펴낸 날 § 2015년 1월 26일

지은이 § 가프
펴낸이 § 서경석

편집부장 § 권태완
편집책임 § 한준만

펴낸곳 § 도서출판 청어람
등록번호 § 제387-1999-000006호
등록일자 § 1999. 5. 31
어람번호 § 제1-2031호

주소 § 경기도 부천시 원미구 부일로 483번길 40 서경B/D 3F (우) 420-822
전화 § 032-656-4452 팩스 § 032-656-4453
http://www.chungeoram.com
E-mail § chungeorambook@daum.net

ISBN 979-11-04-90072-3 04810
ISBN 979-11-04-90071-6 (세트)

1

FUSION FANTASTIC STORY

가프 장편 소설

9급 공무원 포에버

Forever

도서출판 청어람

9급 공무원 포에버

Forever

CONTENTS

제1장 공시폐인 조탁대 7
제2장 Get up and go! 51
제3장 이상한 커플링 87
제4장 가문의 영광, 9급 공무원 합격! 139
제5장 대마법사 로르바흐 199
제6장 짜장면 4인방, 짜포의 탄생 221
제7장 식물인간의 기적 253

1장

공시폐인 조탁대

파킨슨 법칙(Parkinson' s law).

공무원의 수는 해야 할 업무의 경중이나 그 유무에 관계없이 일정 비율로 증가한다.

—영국 행정학자 파킨슨(Cyril N. Parkinson)

Thanks very much!

—공무원 일동

〈필〉〈승〉〈임〉〈용〉

〈공〉〈시〉〈합〉〈격〉

탁대는 책상에 앉아 벽에 붙여놓은 글자를 바라보았다. 저 걸 써 붙일 때만 해도 좋았다. 재수 옴 붙지 말라고 고사도 지냈다.

국가직 커트라인 82점.

서울시 80점.

경기도 봉황시 75점…….

90점이나 100점도 아니었다. 까짓 다섯 과목 중에 두 과목 정도는 사뿐히 90점 맞아주시고 나머지에서 70점 대 맞으면 바로 합격할 판이었다.

평균 경쟁률 100 대 1.

그것도 걱정하지 않았다. 알고 보니 절반은 경험 삼아 오고 그 절반의 절반은 별 실력도 없단다. 나머지에서도 공부 좀 한 수험생은 절반밖에 아니라네. 그러니 경쟁률은 잘해야 10 대 1이었다.

게다가!

탁대는 믿는 구석이 있었다. 수능 때도 그랬지만 찍는 재수가 제법 있었다. 남들은 답 사이로 막간다는데 영어를 찍어서 6문제나 더 맞춘 기록보유자였다. 물론 쪽팔려서 기네스 협회에는 알리지 않았다.

탁대의 눈이 조금 아래로 내려왔다. 과목별 합격 비결이 누렇게 떠가고 있었다.

국 어, 마른 행주 짜듯 쥐어짜고!

영 어, 라면에 밥 말아먹듯 친숙하게!

한국사, 치맥 먹듯 통째로 씹어서 먹어치우고!

행정학, 자다가 옆구리 찔러도 답 나오도록 통독!

행정법, 전공자랑 썰로 맞짱 떠도 이기도록 쌈 싸 먹자!

솔직히 국어와 한국사는 과목으로 치지도 않았다. 이따위

과목이야 그냥 달달 외우면 90점은 사뿐히 넘을 테고. 행정학과 행정법도 무대뽀로 외우면 될 거라며 근자감으로 충만했다. 네 과목 90점씩 맞으면 까짓것 영어는 50점만 맞아도 합격!

계획표를 짤 때는 그랬다. 거기다 학점 이수 때 마지못해 따둔 워드프로세서 가점이 있으니 한 일 년만 개고생하면 번듯하게 관계에 진출하는 것이다. 요즘 공무원이 뉘 집 개 이름인가? 정년 보장에 국민연금보다 우월한 공무원연금까지 보장되니 가늘고 길게 살기엔 딱이었다.

"저, 공무원에 도전하겠습니다."

4년 전, 그때도 오늘처럼 설날이었다. 지잡대를 졸업하고 일 년 동안 백수로 지내던 탁대는 설날, 잔소리 폭탄을 늘어놓는 작은 아버지와 삼촌에게 폭탄선언으로 맞섰다. 그때는 가족들의 기립 박수를 받았다.

"그래. 놀면 뭐하냐? 한 번 도전해 봐라."

"맞아. 경쟁률 같은 거 아무것도 아니다. 열심히 하면 다 할 수 있어."

돌아보면 탁대의 인생에서 그 설날이 가장 행복했던 거 같다. 부모와 친지들은 새 출발하는 탁대에게 아낌없는 박수와 지원금(?)까지 퍼주었다.

탁대의 우쭐한 만용은 다섯 권의 교재를 고르면서 살짝 흔들리기 시작했다.

'이, 이게 웬 베개래?'

아뿔싸!

그건 수험서가 아니었다. 오죽하면 빨간 벽돌을 가져다 두께를 비교해 봤을까? 다섯 권의 교재들은 한결같이 베개와 두께를 다투고 있었다. 다섯 권의 교재와 기출문제집, 그리고 예상문제집을 차곡차곡 쌓으니 천장까지 닿았다.

내용은 또 어떤가?

이놈의 행정법은 까만 것은 글자요 하얀 것은 종이였다. 완전히 외계어를 배우는 느낌이었다. 들어도 들어도 그 말이 그 말 같고 그 뜻이 그 뜻이었다.

국어는 숫제 다른 나라 말 같았다. 문제는 분명 국어 문제인데 뭘 이런 것까지 다 물어보나 싶은 요상 야릇한 문제들.

영어는 아예 패스한다. 어차피 처음부터 다시 하려고 마음먹었으니까.

하지만 한국사는 한마디 하고 가야겠다. 이 교재는 혹시 한국사를 쥐뿔도 모르는 외국인들이 만든 게 아닐까 싶었다. 고등학교에서 한 번도 보지 못한 문제들이 우후죽순으로 돌발출동을 해대니 어떨 때는 40점도 나오지 않았다.

주관적으로 감히 한마디 발언하자면!

완전히 퍼펙트하게 객관성이 없었다.

시험출제위원회 여러분, 변명해 보시라! 아니라고는 절대로 말 못할 것이다. 이건 사람 골탕 먹이자는 것도 아니고 문제 난이도도 들쭉날쭉. 이쪽에 포인트를 맞추면 저쪽 문제를 내고, 저쪽에 맞추면 또 그 옆 것이 나온다. 진짜 욕 나온다.

게다가 더 열 받게 하는 건, 문제는 쉬운데 답은 어렵다는 사실이다.

무슨 말인고 하면, 시험 보고 나올 때는 어쩐지 합격했을 것 같다는 착각을 준다. 우수한 성적은 아니지만 커트라인은 넘고도 남았을 것 같은 뿌듯함.

그러나 그건 화려한 착각이었다.

막상 답을 맞춰 보면 전부 엑스표가 비집고 들어왔다. 그러니 사람 안 돌고 배길까?

그 예가 작년 서울시 공채였다. 지문이 복잡하지 않았다. 솔직히 한 85점 정도는 찍은 줄 알았다. 시험이 끝나고 수애를 만났을 때도 '잘하면 붙을 거 같아' 라며 목에 힘을 주었다.

하지만 막상 점수를 맞춰 보니 평균은 꼴랑 60점 대 초반이었다. 늘 탁대에게 조언을 받는 수애보다도 10점 가까이 낮았던 것이다.

"삼촌!"

탁대가 한숨을 쉴 때 쌍둥이 조카가 들이닥쳤다.

때때한복을 차려입은 게 제 날 만난 눈치다. 하긴 정말 좋은 때였다. 저 복주머니에는 벌써 빳빳한 세뱃돈이 가득 차 있을 테지?

"차례 지내래."

6살 난 쌍둥이들이 탁대를 잡아끌었다.

올 것이 왔다.

잔소리와 눈치의 지옥이 수라장을 이룰 명절의 풍경.

아아, 대체 누가 이따위 명절을 만들었을까?

누가 백수의 인생에서 명절을 좀 지워다오. 탁대는 갈망했지만 발은 어느새 거실을 밟고 있었다.

'아야!'

탁대는 움츠렸다.

멀리서부터 살갗이 따가웠다. 작은 아버지와 삼촌이 눈자위를 잔뜩 구긴 채 쏘아보고 있었다.

"얌마, 넌 나와서 상 차리는 거 정도는 도와야 하는 거 아니야?"

선공은 삼촌 동모가 먼저 날렸다.

"공부하느라 깜빡해서……."

"그렇게 열심히 하는 놈이 아직도 9급을 못 붙어? 가서 차례상에 올릴 물이나 떠와."

동모가 주방을 가리켰다.

"정갈하게 담아 와라. 또 아냐? 올해는 할아버지가 덜컥 합격시켜 주실지."

작은아버지의 덕담은 그나마 양반이다.

주방에는 작은엄마와 사촌여동생 유리가 있다. 그 짧은 거리를 가는 동안에도 탁대의 영혼은 마구 시들었다. 어떻게 그러지 않을까? 유리는 올해 대학을 졸업하고 번듯한 공사에 들어간 신의 딸이었다.

'부러운 지지배.'

탁대는 그러면서도 한편으로 배가 아프다. 유리가 떡하니 취직을 함으로써 탁대를 향한 시선이 더 차가워진 것이다.

"오빠, 안녕?"

승자는 당당하다. 저 미소 좀 보라지. 옷도 번듯한 새 옷이다.

"왔냐?"

탁대는 건성으로 대답했다. 물그릇을 받아들 때 기어이 작은엄마 목소리가 끼어들었다.

"재는 올해도 공무원 시험본대요?"

"그럼 어떡해? 이제 와서 포기할 수도 없고."

작은엄마의 톤과 달리 탁대 마더의 목소리는 어쩐지 늘어진다.

"차라리 다른 거 시키지. 벌써 아홉 번이나 떨어졌다면서요?"

아홉 번.

그 말이 족쇄가 되면서 탁대의 발목을 잡았다. 해도 너무한다. 다른 건 하나도 관심 없으면서 시험에 떨어지는 횟수는 잊어먹지도 않는다.

맞다.

탁대는 아홉 번 떨어졌다. 9급 국가직에서 세 번, 서울시에서 세 번, 경기도 봉황시에서 세 번…….

"공무원 시험은 한 번에 붙어야지 세 번, 네 번 넘어가면 질려서 끝이래요."

"엄마, 오빠 들어."

유리가 작은엄마를 툭 치지만 그런 걸 조심할 사람이 아니었다.

"얘는, 내가 뭐 없는 말 했니? 대체 공부를 어떻게 하길래 그까짓 9급을 삼 년 동안 못 붙어? 우리 유리라면 행정고시도 붙었겠다."

탁대는 못 들은 척 걸음을 떼었다. 주방에서 거실이 너무 멀었다.

아니, 차라리 방으로 들어가고 싶었다. 하지만 거실 저편의 삼촌 목소리가 탁대 옷깃을 잡아챘다.

"야, 물 가져오는 것도 삼 년이냐? 빨리 빨리 좀 못 와?"

"올해는 자신 있냐?"

식사를 할 때 옆자리의 동모가 물었다. 탁대는 목을 넘어가던 음식이 덜컥 식도에 걸리는 걸 느꼈다.

"쿨럭쿨럭."

기침도 제대로 못했다. 다들 탁대에게 시선을 꽂아 놓고 있었기 때문이다. 탁대의 기침 소리는 급 한숨으로 변해 버렸다.

"될 거 같으면 벌써 됐지."

작은엄마가 그냥 넘어갈 리 없다.

"차라리 중소기업 들어가는 게 어떠냐?"

동모는 가타부타 답을 내놓으라는 듯 탁대에게서 눈을 떼지 않았다.

"……."

"내가 보기에도 탁대는 힘들 거 같아. 그러니 이제라도 다른 길을……."

작은아버지가 가세한다.

"내 말이 그겁니다. 솔직히 9급 공무원 그거 경쟁률만 세지 우수한 애들이 오나요? 어차피 SKY나 명문대 애들은 오지도 않고 허접한 대학 나온 애들끼리 경쟁인데 그걸 못 붙으니……."

"요즘은 일류대 애들도 많이 온대요."

그래도 가재는 게 편이라고 듣다 못한 탁대 엄마가 슬쩍 편을 들고 나섰다.

"형님, 그거 모르는 소리예요. 솔직히 좋은 대학 나온 애들이 연봉 사, 오천짜리 대기업가지 미쳤다고 연봉 2천 될까 말까 하는 9급 공무원 시험 봐요? 개나 소나 달려드니까 경쟁률만 높은 거예요."

"맞아요. 내 후배 놈도 한 번에 턱 붙어서 벌써 8급 달았다던데."

동모와 작은엄마는 쉴 새 없는 협공을 펼쳤다. 진기가 쪽 빠진 것 같은 탁대는 숟가락을 놓고 일어섰다.

"야, 어디가? 오늘은 도서관도 쉰다며?"

"인강(인터넷 강의) 들을 시간이에요."

탁대는 그 말을 남기고 방으로 들어섰다.

"에이, 내가 대신 볼 수만 있다면 확 붙어주겠다만."

동모의 목소리가 좁은 문틈으로 따라왔다.

탁대는 문에 기대 한숨을 쉬었다. 진짜 도서관도 쉬는 날이다. 이런 날은 열어도 되는데 말이다. 탁대는 침대에 맥없이 누웠다.

하긴 좀 한심해 보이긴 하다. 백수 4년에 남은 건 피골이 상접한 자존심뿐이었다. 낡은 트레이닝복 주머니는 구멍이 난 지 오래고 지갑은 날마다 말라가며 비명을 질렀다.

'진짜 때려치우고 알바라도 할까?'

탁대는 단골 고민에 휩싸였다. 부모님에게 눈치가 보이거나 잘나가는 친구들을 만나는 날이면 어김없이 찾아드는 이

집요한 자괴감.

첫해는 경험 삼아 봤다는 핑계가 통했다.

2년 차에는 아깝게 떨어졌다는 핑계로 모면했다.

하지만 작년부터는 어떤 핑계도 통하지 않았다.

미칠 것 같은 사람은 바로 탁대였다.

공무원 비리와 부패 이야기가 나올 때마다 탁대는 생각한다. 나라면 절대 부정부패 안 한다. 월급도 반만 줘도 좋다. 휴일 없이 부려먹어도 땡큐다. 그러니 제발 합격만 시켜주세요. 여기 열심히 일할 사람이 준비되어 있다고요.

3년이나 거푸 고배를 마시자 가족들의 시선이 달라졌다. 그들끼리 웃으면 탁대를 비웃는 것 같았고 그들끼리 심각하면 탁대 얘기를 하는 것만 같았다.

"또 떨어졌대?"

"원, 고시를 보나?"

옆에만 가면 환청이 달라붙는다. 찬밥도 이런 찬밥 신세가 없다. 재수생이 슬프고 백수가 슬프다지만 그건 양반이다. 공시 4수생은 아예 인간 취급을 안 해준다.

그럴 때면 탁대도 오기가 바짝 고개를 들었다. 불행한 건 그놈의 오기가 하루만 자고 나면 씹던 껌처럼 쫙 풀어진다는 사실이었다.

'보란 듯이 붙어서 내가 어떤 사람인지 보여줄 거다.'

라고 치를 떨지만 도서관 열람실에 가림막을 설치할 때뿐이다. 앉아서 책을 펴면 바로 졸린다. 피곤할 때는 쪽잠을 자는 게 능률에도 좋대. 탁대는 그 진리의 유혹을 결코 거부하지 않는다. 자고 나면 더 졸리다. 이런 정신으로는 공부가 안 되지. 그렇게 조금 더 자다보면 스터디 친구들이 깨운다.

"점심 먹으러 가자."

으아, 벌써 점심시간… 안 되겠다. 빨리 먹고 와서 오후에는 진도 좀 확 땡겨야지라고 결심하지만 밥 먹고 나면 이상하게 집중이 되지 않는다.

인강도 마찬가지다. 찬바람 좀 쐬고 본격적으로 들어야지 하며 휴게실에서 쉰 후에 이어폰을 끼지만, 또 졸린다.

생각해 보라.

100여 석 E—running실은 고요하다 못해 솜털 떨어지는 소리까지 들린다. 거기서 동강(동영상 강의)을 들으면 강사가 바로 속성 최면제다. 안 자고는 배길 수가 없는 것이다.

그렇다고 하루 종일 비실거리는 건 아니다. 이상하게도 집에 올 때가 되면 정신이 똘망똘망해진다.

마치 초여름 갈맷빛 산맥을 갓 넘어온 햇귀처럼 싱싱하게!

*　　*　　*

보았는가?

현대인 조탁대의 막장 하루.

'미필적 사기.'

내가 할 말은 이 한마디뿐이다. 퍼펙트하게 헛다리를 짚었다.

불멸의 마법사를 꿈꾸던 나 '레오필리스 라파엘스트 리엔바수라 봄바스트 호펜하겐 알리안 로르바흐!' 너무 길구나. 그냥 로르바흐라고 기억해 다오.

나인 클래스를 이루고 마지막 신의 경지를 완성하기 위해 넘보았던 드래곤 패황 칼리타스 루칸.

나의 실수라면 단 하나, 바로 친구를 믿었던 것이다.

나와 합세해 패황의 마법비서를 취해 마법 역사를 다시 쓰자던 50년 마법지기 메기안 하비오. 나는 놈의 배신으로 패황의 결계에 걸려 심판을 피할 수 없게 되었다.

패황이 내민 형벌 카드는 모두 아홉 개.

그나마 모의 단계에서 걸린 터라 마법 아카데미 구성원들의 탄원과 일제 단식 구명 운동 덕분에 목숨만은 건졌다. 루칸이 여론과 내 업적을 생각해 자비를 베푼 것이다.

형벌의 카드는 과거와 현재, 미래가 각각 세 장씩 아홉 장으로 이루어졌었다. 내가 선택해야 할 건 그중 하나였고 주어진 시간은 오직 3초.

나는 한 가지만 생각했다.

나 로르바흐에게 과거가 무슨 소용이겠는가?

현실 또한 패황이 건재하는 한 같은 세상의 공기를 호흡한다는 건 치욕일 뿐이었다. 고심할 것도 없이 미래의 숫자 중에서 9를 골랐다.

이름하여 나인 크로스.

7보다는, 8보다는 매혹적이지 않은가?

게다가 숫자 9가 9개나 십자로 일치하는 카드를 어찌 외면할까? 숫자 9는 마법사들에게 궁극을 의미한다.

나 역시 클래스 나인이 되기 위해 인간의 능력을 아홉 번이나 채우고 비워 대마법사의 영역에 도달했던 것이다.

'그런데.'

그 위대한 나인 크로스가 알고 보니 이 허접한 인간에게서 발현된 간절함이었다.

퍼펙트한 미필적 사기.

그것도 인류 창조 이래 최고이자 최악의, 이라는 수식어도 모자랄 정도.

운명적 선택의 시간에 이룬 나인 크로스를 생각하면 언제나 치가 떨린다.

9월 9일생인 이 인간이, 9급 공무원 시험에 9번째 떨어진 날, 베스트 나인(9) 편의점에서 밤 9시 9분 9초에 9개째 캔 맥주를 들이켜던 그 순간, 그 순간이 내 눈에 들어온 것이다.

오호, 통재라. 셀 수도 없는 확률 중에 하필이면…….

하필이면…….

그 신성한 나인 크로스가 이렇게도 성립할 수 있다니.

사실, 이런 이유만으로 이 인간을 평가절하하는 건 아니다. 지구 상의 인간이라면, 그게 과거든 미래든 누구라도 이런 우연적인 숫자의 배열을 지나갈 수 있다. 이건 내가 이 인간을 마법예지력과 분석력으로 철저하게 분해하고 내린 이성적인 결론임을 참고해 주기 바란다.

그걸 공표해 보자면…….

꿈을 이루려는 노력 레벨은 최하 등급 1.

성취를 위한 투자 레벨 역시 쌤쌤 등급 1.

고통을 참는 인내 레벨 또한 등급 1.

반대로,

노력 없이 멋진 인생을 살고 싶은 기고만장 허영심 레벨 9.

하다 보면 되겠지 하는 근거 없는 낙천성 레벨 9.

오늘 할 일은 내일 하자는 미루기 신공 레벨 9.

세상은 운 9할에 노력 1할이라는 식의 요행바라기 레벨 9.

나름 최선을 다하고 있다는 배째라 막장 신공 레벨 9.

아, 그래도 쓸 만한 점이 몇 개 있기는 하다. 열혈 의협심의 소유자에다 본능과 직관이 뛰어나다는 것. 군대에서 총도 좀 쏘았다는 것. 하지만 의협심과 직관 하나로 세상을 살까? 힘이 없는 덕은 나약함에 지나지 않는 법이다.

그래도 처음에는 무려 3년이나 9급 공무원 시험을 위해 수련했다는 사실에 기대를 했었다.

But! 기대는 개뿔.

3년이 지난 지금도 실력은 쥐 털만큼도 늘지 않았다. 평균점 또한 꼴랑 20점이 상승했을 뿐이다.

20이나 상승했으니 고무적이라고?

나도 처음엔 그렇게 생각했었다. 하지만 이 인간의 첫 성적이 평균 42점이었다는 걸 상기해 보라.

아, 깜박했구나. 늘은 게 있긴 하다.

바로 총 쏘는 게임…….

이 인간, 그 게임에 들어가면 자기가 무슨 국방장관이라도 된 듯 활개를 친다. 그럼 뭐하랴? 남는 건 아이템을 지르고 난 빈 지갑뿐.

그래도 전에는 열정이라도 있었단다. 지금은 마냥 케세라세라, 배째라째라다. 시험일 직전까지는 근거 없는 낙천주의로 시간을 허비하고 시험이 다가오면 시간이 모자라 마무리를 못 한다. 이때서야 똥줄이 타지만 정작 제대로 타는 건 변비뿐이다.

매사에 건성건성, 궁뎅이는 질기지만 절반은 자는 시간, 집중력 제로의 이 인간이 바로 내 미션을 대리로 이뤄야 하는 숙주님이시다.

Enterobius vermicularis!

Ascaris lumbricoides!

Ancylostoma duodenale!

Trichuris trichiura!

이게 뭔 줄 아시는가?

아름은 그럴 듯 해 보이지만 기생충의 학명 되시겠다. 요충, 회충, 십이지장충, 편충 같은 기생충 말이다. 내가 한숨을 무릅쓰고 이런 하등한 생명체를 그럴듯하게 포장하는 것은 다 그만한 이유가 있다. 이 위대한 알리안 로르바흐께서 기생 삶을 살아야 하기 때문이다.

드래곤 패황이 내게 내린 미션은 9급 공무원이 된 후에 4급 공무원까지 승진하는 것이다. 솔직히 미션으로 생각지도 않았다. 이 정도라면 몇 달 만에 이루고 다시 마법 아카데미 총장으로 복귀할 수 있겠다고 생각했다.

9급에서 4급이라면 고작 다섯 단계다. 이건 대마법사인 나에게 일도 아니었다.

그런데 숙주의 꼴을 보라.

먼 길은 가까운 것이 쌓인 거라는 말은 만고의 진리다. 대저 큰 업적을 이루려면 누구든 뼈를 깎는 희생을 치러야 한다.

하지만 이 인간은 인생을 완전히 꽁으로 먹으려 하고 있다.

애석한 것은 기생 삶을 살게 된 내가 이 인간을 전혀 통제할 수 없다는 사실이다.

이 얼토당토않은 강제 미션을 안겨준 패황이 타임 리버스까지 가능한 내 마법 능력을 봉인해 버렸다.

겨우 이 멀미나는 미래에 적응하고 마법능력을 체크하니 가능한 건 딱 두 가지였다.

1. 현몽.
2. 본능 화염발현.

첫 번째는 꿈을 말한다. 불행하게도 내가 기생하게 된 곳이 이 인간의 꿈이다.

그러니 숙주의 현실은 전혀 노터치다.

애석하도다.

현실에 등장할 수만 있다면 이까짓 9급 공무원은 하루아침에 끝낼 일이었다. 클래스 3단계만 되어도 장면 스캔 메모리가 가능하다. 그저 한 번 보고 넘기기만 하면 기억되는 것이다.

설상가상, 꿈에 어떤 현몽을 해주어도 소용없다. 이 인간은 깨어나는 즉시 꿈을 잊어버린다.

물론 다 잊는 건 아니다. 미녀 같은 건 하루 종일 기억하고 화장실을 들락거린다. 동영상 봐야 한다고 부모님을 속여 최신 기종으로 산 스마트폰에 깔린 그 뭐시기 동을 보며 손 운동을 하기 위해 말이다.

고백하자면 이 인간이 스트레스 때문에 죽겠다는 말을 입에 달고 살기에 이 인간이 상상 속에서 범하는 미녀를 꿈에다 상납해 주었다.

어이없어라.

이 인간, 그건 한 달도 넘게 기억하더라.

그것도 말하기 민망할 정도로 디테일하게 말이다. 아마 여자와 섹스하는 게 시험이라면 수석 합격할 포스가 분명하다.

화염 발현은 없는 것보다는 낫지만 별 볼 일 없는 마법이다.

숙주의 시대로 말한다면 큰 라이터 불꽃쯤 될까? 이건 화염 마법의 대가를 이룬 나 같은 마법사들에게는 일종의 호흡이나 본능과도 같은 에너지다. 이건 내 기생 삶의 봉인문자와 함께 암시해 주었지만 이 미련한 인간은 분위기 파악도 못했다.

아아, 사정이 이러니 언제 이 미션이 끝날까? 보아하니 9급 합격하는데 100년은 걸릴 것 같으니 공무원 응시 자격의 나이를 생각할 때 4급이 되는 건 완전 불가능에 가깝다.

하긴 패황이 누구더냐? 껌 씹듯이 쉬운 거라면 형벌로 내밀지 않았겠지.

그러나!

나는 대마법사다.

부자가 망해도 3년은 간다는데 마법 클래스를 다섯 단계 성취하는 것도 아니고 보아하니 우리 공국의 개나 소나 응시하는 궁정집사 시험과 비슷한 허접한 시험 미션에 걸려 시간의 굴레에서 산화된다면 이 또한 치욕 위의 치욕.

드래곤 패황, 두고 보시게나.

이 얼토당토않은 시간의 굴레에 나를 가둬 놓고 쾌재를 부르고 있겠지만 호락호락 산화될 수는 없어.

이제 대충 숙주의 시대를 파악했고, 숙주의 성향 분석도 끝났으니 본격 시동을 걸어야겠네. 하늘이 무너져도 살아날 구멍이 있다는데 방법이 없으려고? 기생충도 약 먹이면 꿈틀한다는 진리, 내가 증명해 드리지.

* * *

졸립다. 생각을 너무 많이 한 모양이다.

'케세라세라.'

탁대는 침대에서 지그시 눈을 감았다. 하필이면 그때 동모가 문을 열고 들어섰다.

"인강 듣는다더니 그새 자냐?"

"그게 아니고……."

탁대는 벌떡 일어섰지만 동모는 한심하다는 듯 고개로 도리질을 하며 말했다.

"그런 정신머리라면 일찌감치 때려치워라."

"……."

탁대는 할 말이 없었다. 오이비락은 너무 흔해서 핑계거리도 아니었다.

어쩌다 기분 전환 좀 하려고 게임 한 판 땡기면 엄마가 들어왔다. 출출해서 라면에 캔 맥주라도 하나 마실라 치면 작은아버지가 쳐들어온다. 매사가 그랬다.

그때마다 사람들은 혀를 찼다.

그러니 떨어지지. 눈은 그렇게 말했다.

솔직히 좀 나태한 날도 있긴 했다. 하지만 잠깐 쉬는 것조차 오해를 받으면 속이라도 까보이고 싶었다.

동모는 멋대로 탁대의 교재를 넘겨보더니 책상에 빼곡하게 붙은 포스트잇 메모장들을 바라보았다.

양은 엄청 많았다.

요점을 정리해서 붙여놓으면 좋다기에 따라 하긴 했는데 사실 탁대도 눈이 어지러울 판이었다.

"너 이거 다 알고는 있냐?"

알면 뭣 하러 붙이겠어요.

"공부 못하는 것들이 꼭 이렇게 표시를 내요."

삼촌도 마찬가지야. 그런 거 붙이면 붙였다고 잔소리, 안 붙이면 안 붙인다고 잔소리.

내가 그렇게 만만해?

탁대의 뇌는 발악을 했지만 입은 찰떡처럼 붙어서 움직이지 않았다.

동모는 지갑에서 5만 원을 꺼내더니 아무렇게나 던져 주고 나갔다.

"공부하다 간식이나 사 먹어라."

탁!

문소리 하나가 세상을 두 구역으로 나눠 버렸다.

직업이 있는 사람과 없는 사람…….

밖에서 쌍둥이 조카들의 목소리가 들린다.

"우리, 언니한테도 세배할래."

"야, 시집도 안 갔는데 무슨 세배야?"

"그래도 할래."

"그럼 탁대 오빠한테도 해야지."

"그 오빠한테는 안 해."

"왜?"

"세뱃돈 안 주잖아."

헐~! 영악한 것들. 탁대를 무너뜨리는 소리는 계속 이어진다.

"도련님, 탁대 용돈 줬어요?"

작은엄마 목소리다.

"어쩝니까? 미워도 조카인데……."

"넙죽 받아요? 제 엄마 등골 빼먹는 줄도 모르고……."

겨우 문에 기대 서 있던 탁대는 그 자리에 주저앉았다.

하필이면 동모가 놓고 간 오만 원권을 깔고 앉았다. 생각 같아서는 확 구겨서 거실로 던지고 싶었지만 그러지 못했다. 스터디 수험생들에게 빈대도 많이 붙었던 탁대다. 명절이니 초희에게 전화가 올지도 모른다. 그러니 오기고 나발이고 가릴 처지가 아니었다.

긴장하고 있자니 소변이 마려웠다.

나가지 못했다.

그냥 참았다.

서러워 죽을 거 같았다.

"어디 가냐?"

친척들이 다 돌아간 후, 탁대가 거실로 나오자 엄마의 말소리가 어깨를 잡았다.

"문제집 좀 사려고요."

"일찍 들어와라."

'늦어요.'

그 말은 목 안으로 넘겼다. 차라리 말을 하지 않는 게 더 좋다는 걸 아는 탁대였다. 골목에는 차가 많았다. 다들 선물세트를 들고 오간다. 유나도 그걸 네 개나 들고 왔단다. 괜히 어깨가 늘어졌다.

아는 사람 볼까 봐 잰걸음을 걸었다. 동네에서는 아무도 만나지 않는 게 편했다.

탁대의 발걸음은 봉황 시청 앞에서 멈췄다. 청사에 걸린 플래카드가 눈에 들어왔다.

설날맞이 시장과 시민과의 대화.

또 한숨이 나왔다.

아무나 드나들 수 있는 시청사. 이곳에 들어가기가 이렇게 힘들다니. 한때는 근자감으로 가득했던 탁대도 세월 앞에 무기력해졌다.

한 대의 관용차가 들어와 청사 앞에 멈췄다.

김성곽 시장이 차에서 내렸다. 여직원과 남직원이 나와 영접을 한다. 시장… 너무나 존경스럽게 보였다. 솔직히 대통령도 존경하지 않는 탁대였다. 그런데 봉황시의 시장은 다르다. 그 옆에 서 있는 공무원들도 그렇다. 다들 반짝반짝 빛이 난다. 그 가슴에 걸린 공무원증을 옮겨올 수만 있다면…….

"뭐야? 소금 절인 배추처럼 축 늘어진 어깨하곤."

그때 누군가 뒤에서 탁대의 등짝을 때렸다. 돌아보니 초희였다.

"왔냐?"

"영화표는?"

"여기."

탁대는 예약한 영화표를 꺼내보였다.

"여기서 합격 기원이라도 하고 있었어?"

"뭐, 그냥……."

"하긴 봉황시면 어때? 오빠가 찬밥 더운밥 가릴 때야?"

"기죽이려고 불렀냐?"

"집에 있자니 속 터진다고 징징거린 사람이 누군데? 또 오빠한테 할 말도 있고."

"무슨 말?"

"일단 영화부터 보고."

영화관에는 사람이 넘쳤다. 왁작거리는 분위기에 섞이니 기분이 좀 풀렸다.

탁대는 커피 두 잔까지 대령시켰다. 주로 얻어먹던 차였으니 몇 푼 생긴 지금에라도 체면치레를 하는 것이다.

"으아, 이게 얼마 만에 오는 영화관이냐?"

푹신한 의자에 앉으니 천국이 따로 없었다.

옆에는 애인, 손에는 커피. 게다가 어두컴컴한 분위기.

적어도 이 안에서는 탁대가 공시 4수생인 줄 알 사람이 하나도 없었다.

한참 영화를 보는데 초희가 졸기 시작했다. 손을 잡고 있던 탁대는 초희를 깨울까하다가 그냥 두었다. 초희가 어깨를 기대왔다. 그것도 나쁘지 않았다.

"어머!"

한참을 졸던 초희가 파뜩 놀라며 눈을 떴다.

"왜? 악몽이라도 꾸었냐?"

"아, 아니."

그녀는 뭐 더러운 거라도 잡은 듯 탁대 손을 뿌리쳤다.

영화가 끝나고 밖으로 나왔다. 그때까지도 초희는 탁대 손을 잡지 않았다. 잡기는커녕 어쩐지 거리를 두고 걸었다. 찬밥 신세에 익숙해진 탁대는 큰 신경을 쓰지 않았다.

그게 불길한 조짐이었다는 걸 깨닫는 데는 오랜 시간이 걸리지 않았다.

"뭐?"

작은 술집에서 생맥주를 마시던 탁대가 고개를 들었다.

"끝내자고."

"얘가 아직 잠이 덜 깼나?"

"나 멀쩡해."

"잔소리라면 친척들에게 질리도록 듣고 나왔다. 너까지 너무 긁지 마라."

"긁는 거 아니야. 끝내!"

초희는 단호했다.

"왜 갑자기?"

"오빠, 올해 합격할 자신 있어, 없어?"

초희는 두 눈을 똑바로 뜨며 다그쳤다.

"야, 그게 내 마음대로 되는 일이냐?"

"연말에 선배 만났는데 그 선배는 딱 10개월 만에 7급 관세직 붙었다더라. 그 시험이 9급하고는 댈 것도 아니라던데?"

"관세직이 세지만 9급 행정도 장난 아니라니까."

"그거야 경쟁률만 세지 막상 임용되어도 별거 없다며?"

"너 그 선배랑 사귀기로 했냐?"

"선배는 선배인데 그 선배는 아니야. 나 강수혁 선배 만나."

"작년에 행정고시 패스한?"

"응. 크리스마스 날 찾아왔더라. 그 성의가 괘씸해서 몇 번 만났어."

"야, 행정고시 패스한 사람이 너하고 어울리냐? 괜히 너 데리고 놀려고 그러는 거지."

괜히 울컥한 마음에 탁대는 멋대로 지껄였다.

"됐으니까 우리 쿨하게 찢어져."

초희가 테이블 위에 커플 반지를 빼놓았다.

"초희야."

"오빠, 나 시청 앞 커피전문점인데 좀 데리러 와 줄래요?"

초희는 탁대는 아랑곳도 않고 보란 듯이 전화를 걸었다.

그리고 마치 모델이 런웨이를 워킹하듯 도도하게 걸어 나갔다.

탁대는 초희를 잡지 못했다. 쇼윈도 너머로 초희가 수혁의 새 차에 타는 모습이 보였다.

테이블에는 초희가 입도 대지 않는 맥주와 커플링이 남아 있다. 가슴 속에서 용암이 들끓었다. 그걸 진화하려고 초희의 맥주를 단숨에 들이켰다.

그렇게 애절하지는 않아도 그럭저럭 잘 맞는 커플이었다. 공무원 시험에 합격하면 함께 해외 배낭여행도 계획했었다.

말레이시아의 코타키나발루.

여정도 완벽하게 짜두었다. 비수기에 가면 비용도 그리 많이 들지 않는다. 그림 같은 코타키나발루의 해변에서 비키니를 입은 초희와 거니는 상상도 미치도록 했던 탁대였다.

초희를 태운 차량은 신기루처럼 멀어졌다.

모든 것이 멀어지고 있었다. 수많은 사람과 물건들, 그리고 눈부신 도시의 환경. 하지만 그 안의 탁대는 날마다 고립되고 있었다.

화가 났다.

이놈의 공무원 시험이 뭐기에. 왜 열심히 일하겠다는 사람을 안 뽑아준단 말인가? 그까짓 국어, 영어 한두 문제 더 잘 맞추는 게 무슨 대수기에. 뽑아만 주면 분골쇄신 열심히 일하겠다는데 왜?

왜?

왜?

왜?

절규해도 소용없다.

답은 탁대도 알고 있다. 죽기 살기로 공부하기. 문제는 그놈의 죽기 살기가 마음대로 안 된다는 데 있었다.

빈속에 술이 들어가니 발이 풀렸다. 그러고 보니 아침도 시답잖게 먹었다. 점심은 속이 안 좋다고 건너뛰었다. 작은아버지가 수산시장에 가서 도미회를 떠왔지만 방콕 포지션을 유지했다. 입은 땡겼지만 잔소리를 들으며 먹고 싶은 생각은 없었다.

'조탁대.'

탁대는 자신을 돌아보았다. 바닥이었다. 더 가라앉을 곳도 없었다. 부모님의 신뢰는 진작 잃었고 친구들에게도 기생충 같은 존재였다. 더 슬픈 건 사람을 폐인으로 대우한다는 거였다. 공부가 뭔지 모르는 인간들은 9급 공채를 우습게 알았다.

'C8, 그렇게 쉬우면 너네가 한 번 해봐라.'

거리에 떨어진 빈 캔을 걷어찼다. 먹이를 먹다 놀란 길고양이가 야옹 탁대를 째려보았다.

"아니, 이젠 길고양이까지?"

발끈한 탁대가 버려진 강장제 병을 집어 들었다.

고양이는 가소롭다는 듯 탁대를 상대해 주지도 않았다.

"이래도?"

탁대는 겁을 주려고 병을 던졌다. 병은 고양이 옆에 떨어져 데구루루 굴렀다. 그래도 고양이는 식사를 할 뿐이다. 일이 이렇게 되자 열이 뻗치기 시작했다. 이젠 고양이까지 개무시 버전이라니.

"오늘 너 죽고 나 죽자."

그렇잖아도 꿀꿀하던 판이었다. 탁대는 저만치에 내놓은 대형 쓰레기봉투를 집어 들었다. 그걸 들고 고양이를 향해 전속력으로 질주했다. 하지만 뭔가에 발이 걸리면서 허우적거렸다.

퍽!

탁대는 요란한 소리를 내며 쓰러졌다. 하필이면 고양이 앞이었다.

야옹!

고양이는 혀로 입을 핥고는 골목으로 사라졌다.

"저게 정말!"

열 받은 탁대는 고양이를 따라갔다.

"……?"

골목으로 들어선 탁대는 눈을 동그랗게 떴다. 어둠 속에 양아치 두 명이 보였다. 그들 뒤로 술에 찌들어 늘어진 여학생이 눈에 들어왔다.

"뭐야?"

양아치 하나가 눈을 부라렸다. 솔직히 탁대는 그냥 못 본 척하려고 했었다. 작년 봄의 서울시 공채 시험 날 때문이었다. 그때도 괜히 남의 교통사고에 끼어들었다가 시험 시간에 늦고 말았다. 어쩐지 자신감이 가득한 날이었는데 얼마나 아쉬웠던가?

게다가 서로 아는 사람일 수도 있다. 요즘이야 술 먹고 늘어지는 여자가 한둘인가? 하지만 양아치의 말이 탁대를 돌려세웠다.

"보아하니 백수 같은데 에티켓 좀 지켜라. 응? 아무 데나 노상 방뇨하면 거시기 짤려요."

백수!

그 말에 발끈한 탁대가 돌아보았을 때, 여학생의 가느다란 목소리가 새어 나왔다.

"도와줘요."

목소리를 따라 시선이 집중되었다. 여학생의 옷은 절반쯤 열려 있었다. 그렇다면 견적이 나왔다.

'성추행범들.'

조탁대.

다른 건 몰라도 의협심은 지구 최강이다.

시험 날, 뒤에서 들이박은 택시기사가 단아한 직장인 여성을 몰아붙이는 걸 두고 보지 못해 시험 시간까지 넘긴 게 그 증거다.

더구나 앞으로 공무를 수행하는 공무원이 되실 몸.

그러니 오지랖 넓은 조탁대가 그냥 넘어갈 수야!

"이런 쓰뎅이들이!"

백수라니? 백수라아니? 온몸의 구멍에서 활화산처럼 열이 뻗쳐 나왔다.

"나 백수 아니고 공무원이거든."

살짝 찔리긴 했다. 하지만 합격하면 공무원이니까 완전 뻥은 아니었다.

"공무원? 유흥업소 삥이라도 뜯으려고 나왔냐?"

느닷없이 주먹이 날아왔다.

탁대는 재빨리 피했다. 싸움이라면 좀 하는 탁대였다. 주먹을 날리는 양아치의 다리를 걸어 쓰러뜨렸다.

하지만 등짝에 충격이 전해 왔다. 또 다른 놈이 날아 차기로 뒤를 공격한 것이다. 치사한 놈들이다.

셋은 한데 엉겨 뒹굴었다. 마음 같아서는 한 주먹거리였는데 취한 몸이라 탁대가 밀렸다. 재빨리 일어선 양아치 하나가 발을 치켜들었다. 탁대의 배를 밟으려는 모양이었다.

"안 돼!"

독기가 오른 탁대가 손을 뻗었다.

순간, 놀라운 일이 일어났다. 탁대의 손에서 토마토만 한 불덩이가 날아간 것이다.

"악!"

양아치는 불덩이를 얻어맞고 굴렀다. 그것으로 돌발 폭력 상황은 게임 오버였다. 여학생의 신고를 받은 경찰이 출동한 것이다.

"직업!"

파출소에서 경찰이 자판을 두드리며 물었다. 어깨에 입사귀가 네 개였다.

하나는 의경, 두 개는 순경, 세 개는 경장이니까 네 개는 뭐지?

그 와중에도 탁대는 경찰의 계급을 생각했다.

"직업이 뭐냐고요?"

경찰이 다시 물었다.

"직업요?"

놀란 탁대가 고개를 들었다. 옆에는 양아치들이 있었다. 그냥 보내줘도 될 것을 참고삼아 기록을 해야 한다는 것이다.

"그게……."

말꼬리를 늘이며 탁대는 절망했다.

바로 이 순간, 인생의 어디서도 결코 만나고 싶지 않았던 직업을 말해야 하는 이 순간. 탁대는 사실 자신의 직업에 대해 모른다.

백수?

자존심상 그건 죽어도 부정한다.

공무원 수험생?

그것도 첫해나 그 다음 해 말이지.

예비공무원?

이건 좀 마음에 들지만 왠지 양심에 많이 찔렸다.

"직업 없어요? 저 친구들 말이 공무원이시라던데?"

"그게……."

"봉황 시청에 근무하세요?"

아, 이 경찰 아저씨 왜 이러실까? 이런 건 대충 알아서 써줘도 되는데 말이다.

"저기요, 공무원 시험공부하고 있으면 직업을 뭐라고 쓰죠?"

집요한 경찰 앞에서 탁대는 하는 수 없이 이실직고를 했다.

"뭐야? 그럼 공무원 아니잖아?"

"이 인간, 신분 사칭이네?"

옆에 있던 양아치들이 핏대를 올리며 한마디씩 해댔다.

"시끄러. 성추행이나 일삼는 놈들이 뭐 잘했다고 떠들어?"

"씨부럴, 민주 경찰이 아니라 편파 경찰이네. 아, 막말로 우리가 그 아가씨 안 건드렸으면 저 인간이 건드렸을 거잖아? 보아하니 딱 백수구만."

"백수 아니고 예비공무원이거든."

발끈한 탁대가 눈을 부라리며 소리쳤다.

"헐~! 예비 좋아하시네. 그 꼴에 공무원 합격하면 내 손에

장을 지진다."

"여기도 공감 한 표!"

양아치들은 죽이 척척 맞았다.

"그만들 하고, 조탁대 씨."

"네."

"그런데 그 말은 뭡니까? 당신이 불덩이를 날렸다던데?"

불덩이?

그러고 보니 그런 것 같았다. 당황한 순간 손에서 날아간 불덩이…….

"그런 일… 없습니다."

"확실하죠?"

"네."

"하긴 저런 양아치 놈들 말을 믿은 내가 잘못이지. 여기 사인하고 가세요."

경찰이 서류를 내밀었다.

"저기… 혹시 이거 사인하면 공무원 임용에 지장 있는 거 아닌가요?"

"진짜 공무원 공부해요?"

"예."

갑자기 결격사유가 떠오르는 바람에 똥줄이 타기 시작했다. 범죄 기록이나 전과 등이 있으면 공무원 시험을 볼 수 없다. 아니, 볼 수는 있지만 임용이 되지 않는다.

"이런 조서 같은 건 상관없어요."

"그래도 면접 같은 거 볼 때 기록이 나오면……."

"절대 안 나갑니다. 걱정 말고 합격이나 하세요."

경찰의 다짐을 세 번이나 듣고서야 탁대는 일어섰다. 밖은 이미 자정에 가까웠다.

집으로 돌아온 탁대는 만사 제치고 공무원 결격사유부터 찾았다. 다행히 엄마 아빠는 곯아 떨어져 있었다. 보아하니 저녁에 친척들이 찾아와 대박 마신 모양이었다. 그렇지 않았으면 또 잔소리 융단폭격을 맞았을 것이다.

국가공무원법 제33조.

여기에 공무원 임용 결격사유가 고이고이 박혀 있다.

다음 각 호의 어느 하나에 해당하는 자는 공무원으로 임용될 수 없다.

1. 금치산자 또는 한정치산자.

2. 파산선고를 받고 복권되지 아니한 자.

3. 금고 이상의 실형을 선고받고 그 집행이 종료되거나 집행을 받지 아니하기로 확정된 후 5년이 지나지 아니한 자.

논란이 되는 것이 바로 3항이다. 금고 이상의 실형을 받고…….

문제는 금고라는 놈이다.

금고를 살펴보면,

교도소에 구치돼 '자유를 박탈하는 자유형(自由刑)의 일종' 이라고 나온다. 이는 징역과 함께 교도소에 구치되어 자유를 박탈당하는 형벌이다. 징역과 다른 것은 정역(특정 작업을 부과하는 것)을 시키지 않는다는 점에서 한 단계 가벼운 형벌이다. 주로 과실범이나 정치 · 사상범 등과 같은 비파렴치 범죄에 적용하는 것으로 알려져 있다.

그런데 이것만으로는 명쾌한 해석이 되지 않는다. 이 조항을 보면 '금고 이상의 실형을 선고받고 그 집행이 종료되거나 집행을 받지 아니하기로 확정된 후 5년이 지나지 아니한 자' 라고 못 박고 있다.

주목할 포인트는 실형을 선고받은 날부터 5년이 아니라, 형 집행이 종료되거나 집행을 받지 아니하기로 확정된 후 5년이 지나야 결격사유가 해제된다는 사실이다.

'하마터면 큰일 날 뻔했네.'

문구를 몇 번이고 확인한 탁대가 안도의 숨을 쉬었다. 자칫 폭력 사태에 휘말렸더라면 어땠을까? 그럼 아예 공무원 시험을 포기해야 하는 것이다.

다 붙은 공무원 시험에 초를 친 것도 아닌데 이렇게 애를 태우다니. 피식 쓴 웃음이 나왔다.

하지만 공무원의 결격 사유는 무섭다. 꽤 많은 사람들이 그런 고민으로 상담을 한다.

실제로 고등학생 때 철없이 사고를 치고 소년원 등에서 복역한 친구들이 그렇다. 철이 들면서 경찰이나 공무원에 매력을 느끼지만 그때의 전과가 발목을 잡는 것이다.

탁대는 전화기 화면을 밀었다. 카톡이나 문자는 하나도 없었다. 초희, 정말 떠나간 모양이다.

다른 때는 싸우고 가도 몇 시간 후면 힘내라고 응원하던 그녀였다. 사막에 떨어진 것처럼 그 흔한 스팸문자 하나 오지 않은 핸드폰을 보자니 또 한숨이 나왔다.

'빌어먹을 커플링.'

갑자기 손가락에 떡하니 박힌 반지가 볼썽사납게 보였다. 탁대는 반지를 뽑았다. 커플링은 둘이 끼고 있어야 가치가 있다. 혼자라면 그건 커플링이 아니라 궁상링에 불과하다.

그런데 반지가 빠지지 않았다. 살이 쪘나했지만 그건 아니었다. 허구한 날 눈칫밥에 빈대나 붙는 형편인데 살이 찔 리가 없다.

'아, 씨… 귀신이라도 붙었나?'

손가락이 너무 아파 포기해 버렸다. 반지는 제자리에 찰싹 붙어서 꼼짝도 하지 않았다.

'그때 뜨끈함이 여기로 몰리더니?'

탁대의 기억이 작년 가을로 달려갔다. 동시에 아까 양아치들에게 날아갔던 불덩어리도 함께 떠올랐다. 그건 신기루가 아니었다. 돌이켜 보면 벌써 세 번째 겪는 일이었다.

처음은 작년 가을이었다.

그때 탁대는 9번째 떨어진 9급 공채시험 결과에 낙담해 편의점 파라솔에서 처량하게 캔 맥주를 마시고 있었다.

한 캔, 두 캔 마시다보니 어느새 아홉 캔째였다. 그 아홉 번째를 들이켤 때 얼마나 놀랐는지 모른다. 시원한 맥주가 느닷없이 불덩이로 느껴졌기 때문이었다.

목을 다 태울 것 같던 뜨거움은 심장과 머리를 거쳐 반지로 번져 갔다. 너무 괴로워 테이블을 내려쳤다. 놀랍게도 주먹만 한 불덩이가 피었다.

두 번째는 올해 1월이었다. 새해가 되어 진짜 마음잡고 공부 좀 하려던 날, 그날은 졸리지도 않았다.

'그래. 이렇게 컨디션만 따라주면…….'

탁대가 쾌재를 부를 때 옆에서 자판치는 소리가 들렸다. 돌아보니 한 아저씨가 노트북으로 자판 연습을 하고 있었다. 옆에는 워드자격시험 교재를 떡 펴놓은 채.

도무지 신경이 쓰여 공부가 안 됐다. 좋은 컨디션을 이어가려고 도서관 직원에게 불편 사항을 신고했다. 하지만 탁대에게 돌아온 건 이 한마디였다.

"조금씩 양보하면서 하세요. 그쪽도 코 골며 잔다고 민원 들어온 적 많아요."

치욕이었다.

코를 골고 잤다니? 그걸 도서관 직원들까지 알고 있었다니?

탁대는 부글거리는 마음을 참지 못해 야외 휴게실로 나가 두 손으로 벽을 후려쳤다. 그때도 불꽃이 튀었었다.

'그때 귀신이 붙어서 이게 초능력 불반지가 된 건가?'

탁대는 반지를 뚫어져라 바라보았다. 그리고는 허공에 대고 훅 장풍을 뿜었다. 불꽃은 나오지 않았다.

'그럼 그렇지. 내 주제에 무슨 그런 복이…….'

불꽃을 대신해 나온 건 한숨이었다.

얼음보다 차가운 겨울 달이 세상을 푸른 옥빛으로 물들인 밤이 깊어갔다. 밤은 세상의 모든 것을 빨아들인다.

그래도 새벽은 온다. 어둠이 단단한 똬리를 풀자 아침이 깃을 털고 깨어났다. 해는 지각도 하지 않는다. 진짜 재미없는 놈이다. 탁대의 알람도 그놈을 닮았다. 탁대는 이불 속에서 손을 내밀어 알람을 꺼버렸다. 하지만 엄마의 손이 이불을 벗겨냈다.

"도서관 안 가냐?"

"5분만 더 자고요."

"넌 배알도 없냐?"

그 말 뒤에 침묵이 이어졌다. 탁대는 가만히 이불을 걷어냈다.

"어휴, 차라리 말을 말자. 나도 모르겠으니까 자려면 자고 말려면 말고… 네 인생 네가 알아서 하지 내가 대신 살랴?"

엄마의 말에 탁대는 회칼에 베인 가슴에 소금을 덧뿌린 듯 아렸다.

욕실에서 세수를 하던 탁대는 거울을 바라보았다. 패배감으로 잔뜩 주눅이 든 얼굴이 거기 있었다. 초희의 연락은 여전히 없었다.

'하긴 내가 여자라도 이런 인간이 뭐 볼 게 있다고…….'

거울을 보는데 커플링이 보였다. 비누칠을 해도 빠지지 않았다. 욕실에서 나와 옷을 챙겼다. 찾는 바지가 없었다.

'설날이라 엄마가 빨래를 안 한 모양이네.'

하는 수 없이 양아치들과 뒹군 바지를 다시 입었다. 눈물이 핑 돌았다. 고등학교 때라면 집안이 엎어질 일이었다.

가방을 들고 주방으로 갔다. 엄마는 보이지 않았다. 밥도 차려져 있지 않았다.

불 꺼진 거실.

그건 곧 마더께서 그냥 방으로 들어가 버렸다는 증거였다.

라면을 끓였다. 냄비를 집다가 손끝을 데었다. 그래도 맛은 알아서 김치가 필요했다. 냉장고에서 김치통을 찾았다.

'이건가?'

뚜껑을 열다가 대형 사고를 쳐버렸다. 힘을 잘못 가해서 김치를 엎어버린 것이다. 이젠 한숨도 나오지 않았다. 대충 주워 담고 라면을 먹었다. 라면 역시 흡입 본능에 따라 대충 밀어 넣었다. 세상에 이보다 더 처량할 수 있을까?

'붙자.'

탁대는 먹던 젓가락을 내려놓았다.

이런 꼴로 계속 살 것인가? 아니다. 탁대는 생각했다. 그래도 초등학교 때는 나름 수재 소리를 듣던 탁대였다.

수능 때는 기적을 일으키기도 했었다. 3년 내내 모의고사 평균 5등급을 헤매다가 수능에서 기적적으로 한 과목 2등급을 이룬 것이다.

덕분에 탁대는 최저 등급 충족으로 수시를 럭키하게 통과했다. 지잡대였지만 무려 '서울 약대'에 속하는 대학에서 그 이름은 그럴 듯한 문헌정보학을 전공할 수 있었던 것이다.

절반도 넘게 남은 라면을 그냥 두고 일어섰다.

'나는 식충이가 아니야.'

제법 비장해진 탁대는 돌아보지 않았다.

2장

Get up and go!

행복 도서관으로 가는 길에는 인적이 없었다. 도서관이 붐비는 날은 정해져 있다. 바로 시험 기간이다. 이때는 중고생들 덕분에 곤혹을 치른다.

그런데 그 녀석들은 대개 공부를 하지 않는다. 열에 일곱 여덟은 친구 따라 도서관에 왔다가 책가방만 던져 놓고 놀다가 집으로 돌아간다. 그래도 무지막지하게 행복하다. 아무것도 모르는 부모들에게 공부하고 왔다고 대우 받을 테니까.

탁대는 도서관 카드를 화면에 대고 인증을 받았다. 이어 좌석 번호를 선택했다. 삑삑 소리를 내며 명함만 한 좌석표가 튀어나왔다.

막 엘리베이터를 타려는데 수애가 뛰어왔다.

"같이 가요."

수애는 작년 초가을에 스터디에 합류했다. 그러니까 올해가 첫 도전인 새내기 공시족이었다.

"잘 쉬었어요?"

묻는 수애는 물론 생얼이다. 옷차림도 한없이 수수하다. 하긴 공시족 누가 가꾸고 바르고 광내고 다닐 것인가?

"너는?"

"작년에 합격한 선배 만나서 특강 좀 들었어요."

"특강?"

"내가 올해 첫 도전이잖아요? 오빠 말대로 경험 삼아 한 번 볼 거라고 했더니 절대 그러지 말라는 거 있죠?"

"그러지 말라니?"

"사실 9급 공무원 시험 일 년이면 충분하대요. 기간을 길게 잡으면 오히려 실력이 안 는다고……."

수애는 탁대 입장을 고려해 말끝을 흐렸다.

"에이, 그거야 행정학과나 영어의 달인들 경우지. 우리 같은 어중이들은……."

"그 선배도 어중이였어요. 철학과 출신이거든요."

탁대는 말문이 막혔다.

"그 선배 경험담 들으니 힘이 팍팍 나는 거 있죠? 나도 한 번 도전해 보려고요."

"그거야 수애 마음이지만……."

"그리고 나 오늘부터 스터디 탈퇴할래요."

"스터디를?"

"선배가 그러는데 여럿이 모여 공부하는 건 시간 낭비래요. 서로 비슷한 처지니까 동질감은 느끼겠지만 큰 도움은 안 된 거라네요. 사실 따지고 보면 우리가 나누는 정보라는 거 검색하면 다 나오잖아요."

그 말과 함께 엘리베이터가 4층에 도착했다.

"오빠도 파이팅하세요."

수애가 사물함 앞에서 주먹을 쥐어보였다. 탁대는 어리벙벙한 얼굴로 고개를 끄덕거렸다.

열람실로 들어온 탁대는 가림막 공사를 시작했다. 누런 종이파일로 앞과 옆을 막는 것이다.

나는 열공 중이다. 방해하지 말라. 가림막에는 그런 의미가 들어 있다.

탁대는 교재를 꺼냈다. 두툼한 교재는 여전히 묵직했다. 가만히 수애 쪽을 바라보았다. 한 테이블 건너 구석에 자리를 잡은 수애의 표정이 전과 달라보였다.

'하긴 스터디라는 게 정보 공유와 서로 격려하는 건데 정보야 카페에서 얼마든지 볼 수 있고 고생을 각오할 만한 독기가 없으면 때려치우는 게 현명할 판…….'

탁대 뇌리에 초회가 스쳐 갔다.

상상 속에서 초희가 탁대를 비웃었다. 탁대는 바지를 내려다보았다. 무릎 쪽에 묻은 흙물이 사람을 더 처량하게 만들었다.

'9급 공무원 행정직.'

탁대는 행정법 교재를 주르륵 넘겼다.

'분류상 일반직 공무원에 명칭은 지방행정서기보…….'

탁대는 가만히 생각에 잠겼다. 고졸 수준이라는 그 시험에서 자그마치 아홉 번이나 물을 먹었다.

국가직과 서울시, 그리고 경기도 봉황시…….

탁대는 3년간 응시할 수 있는 모든 시험을 응시했다. 다행히 서울은 지역 제한도 없었다. 그런 이점도 있지만 그보다는 서울이라는 지역의 메리트였다.

젊은 사람들은 서울을 선호한다. 그건 탁대도 다르지 않았다. 같은 9급이라도 서울시 9급이 왠지 뽀대가 나 보였던 것이다.

그래도 이건 약과였다. 어떤 친구들은 교육학까지 공부해서 교육행정직 공무원 시험까지 겸하는 경우도 있었다.

공무원 임용은 보통 네 단계로 이루어진다.

첫째는 필기시험,

두 번째는 면접,

세 번째는 신체검사,

네 번째는 신원 조회.

물론 합격을 해도 최종적으로 시보라는 관문이 남지만 가장 중요한 건 필기시험이었다.

탁대는 푸짐한 기출문제지를 넘겼다.

국어.

영어.

한국사.

행정법.

행정학.

9급 행정직은 다섯 과목을 본다. 문제는 대개 100문제고 주어진 시간은 100분이다. 즉 1분에 한 문제씩 해치워야 한다.

그래서 가장 관건이 영어다. 독해 문제가 많기 때문에 다른 과목에서 시간을 좀 세이브하고 들어가야 승산이 높았다.

'내 최고 점수는 작년 봉황시에서 본 평균 70점…….'

벚꽃이 하얗게 쏟아지던 날, 탁대는 그날을 기억한다. 시험을 보고 나오면서 합격이라고 생각했었다. 근자감에 의하면 무려 80점이 넘었던 것이다. 하지만 실제 점수는 턱없이 낮았다.

어떤 때는 영어를 망쳤다. 그러면 다음 시험에서는 영어에 신경을 썼다. 그럴 때는 국어가 죽을 쒔다. 국어를 파고들면 한국사가 사고를 쳤고 가끔은 행정법도 존재를 과시하듯 개박살로 응수하곤 했다.

어느 과목 하나 고득점을 받지 못하는 데다 매번 한두 과목씩 망치다 보니 발전이 없었다. 그게 자그마치 3년이나 반복된 것이다.

'하지만 돌아보면…….'

할 짓은 다 하고 다녔다. 학원에 다닐 때는 학원 동기들과 몰려다니며 술을 마셨고 초희와 데이트도 꼬박꼬박 했으며 잠도 '충분히' 잤다.

공부도 그랬다.

도서관에 머무는 시간은 꽤 되었지만 얼마나 집중했을까?

어쩌면 시험 기간에 가방만 던져 놓고 놀다가 가는 중고생을 탓할 자격도 없었다.

'그래 놓고 늘 나름 최선을 다했다고 강변했지.'

노트를 넘겼다.

합격 비법을 오린 기사나 메모에서 발췌한 내용들이 보였다.

1. 확실한 개념 정리.

2. 한 교재를 적어도 다섯 번 이상 통독, 정독하라.

3. 문제를 많이 풀어 출제 유형을 파악하라.

4. 전 과목을 시험보기 3일 전까지 최단 시간에 머리에 정리해 넣

어라. 공무원 시험은 누가 이걸 잘하느냐의 싸움이다.

5. 출제 빈도에 맞춰 공부하지 마라. 그건 모든 단원을 다 씹어 먹은 후에 적용할 법칙이다.

6. 내일은 없다고 생각하고 덤벼라.

'합격한 사람들이 입을 모아 말하는 공부 비법.'

탁대는 여섯 항목을 하나하나 곱씹어 보았다. 이중에서 제대로 실천한 게 뭐가 있을까? 사실 공부에 있어 실천이 따르지 않는 비법 따위는 소용이 없었다.

'하나도 제대로 한 게 없다.'

그 말은 사실이었다. 어려운 개념은 대충 넘어갔고 나름 정리한 내용을 공부하고는 단원을 마쳤다고 생각하고 있었다.

교재도 그렇다. 보기로야 백 번은 안 봤을까마는 소설 보듯 넘긴 걸 가지고 통독이라고 할 수는 없었다.

시험 직전의 전 과목 정리도 그랬다. 그 두터운 교재를 언제 다 정리한단 말인가?

고백하건대 중간쯤 가다보면 앞 내용은 안드로메다로 간 지 오래였고 맨 뒤를 공부할 때면 앞은 어느새 생소한 단원이 되어 있었다.

따지고 보면 탁대는 매번 운에 기대했었다. 시험이 다가오면 출제 빈도가 높은 곳의 핵심 정리만 좀 들여다보고는 문제를 풀었다. 그 결과 합격자 ARS나 홈페이지 확인 결과는 언제나 같았다.

합격자 명단에 없습니다.

그렇게 3년이 흐른 지금, 탁대에게 남은 건 좌절과 패배감, 그리고 상실감뿐이었다.

그때 탁대의 어깨너머로 쪽지 한 장이 팔랑 날아왔다. 쪽지에 쓰인 건 '스터디 모이세요' 라는 메모였다. 탁대는 수애를 바라보았다. 수애는 공부에 여념이 없어보였다.

명절 연휴의 끝날, 열람실은 한적했다. 그 텅 빈 적막을 깬 건 중년의 직원이었다. 탁대와 눈이 마주친 직원은 씨익 썩소를 날려주었다.

'너 아직도 공무원 시험 안 접었냐?'

그렇게 말하는 눈빛이었다. 3년 넘게 도서관에서 살면서 웬만한 직원들은 다 아는 탁대였다. 어쩌면 추잡한 꼴을 봤을지도 모른다. 여름 같은 때는 더러 초미니를 입은 여학생이 옆에 앉는 경우도 있었다. 그럴 때면 신경 쓰지 않으려고 해도 저절로 눈길이 갔다.

더 창피한 건 꿈이었다.

돌아보니 작년 가을 이후로 섹시한 꿈을 꾼 적이 많았다. 신기하게도 유명 연예인을 떠올리면 그녀가 꿈에 나왔다. 그냥 나오기만 하면 말도 안 한다. 꿈속이지만 애인이 되어주는 것이다.

드물지만 도서관에서도 그런 일은 있었다.

쪽잠을 잘 때는 꿈을 잘 꾸지 않는다. 그런데 어쩌다 꿈을 꾸면 그런 일이 일어났다. 실제로 한 번은 옆에 앉은 예쁜 여자가 옷을 벗고 달려드는 꿈을 꾼 적도 있었다. 잠에서 깨어났을 때 탁대는 한동안 꿈과 현실을 구분하기 어려웠다.

솔직히 이 모양이니 무슨 집중이 되랴?

냉정히 판단하면 탁대 역시 공부한답시고 시간만 잡아먹고 있었다.

'인정!'

다른 때처럼 변명 따위는 떠올리지 않았다.

주머니를 뒤져 진동으로 해둔 핸드폰을 꺼냈다. 초희의 연락은 없었다. 라면을 먹다말고 나왔지만 부모님의 걱정 같은 것도 없었다.

탁대는 도서관 휴게실로 들어섰다. 한 원형 테이블에 청춘남녀 네 명이 모여 핏대를 올리고 있었다. 모두 탁대의 공무원 스터디들이었다.

"그렇다니까."

가장 흥분한 건 재작년에 서울의 그저 그런 대학을 졸업한 친구였다.

"으아, 진짜 세상 불공평하다니까."

앞자리에 앉은 또 다른 친구가 진저리를 쳤다.

"무슨 일이냐?"

의자 앞에 선 탁대가 물었다.

"형, 아직 몰라?"

"뭘?"

"윤중이 있잖아? 그 자식이 정부 부처의 별정 7급으로 특채됐대."

"뭐?"

"아, 진짜 이래서 부모 잘 만난 것도 실력이라니까. 그 새끼 작은아버지가 고위직이라더니 기어이 뒷구멍으로 들어가잖아."

"에이, 씨. 공부할 맛 안 나네."

다들 쓰나미를 정면으로 얻어맞은 꼴이다. 다른 날이라면 탁대도 방방 뛰었을 일이다.

공무원은 공채 시험만으로 들어가는 게 아니다. 특채도 있다. 시험도 서류전형에 면접으로 끝난다. 말이 면접이지 누구 하나 찍어놓으면 그 사람이 합격하게 마련이었다.

얼마 전에도 중앙부처에서 친인척을 이런 식으로 채용해서 탈이 났었다. 그때도 탁대네는 거품을 물며 사회를 탓했다.

그런데 특채는 중앙부처에서만 일어나는 게 아니다. 심지어는 지자체에서도 심심찮게 일어난다. 지자체장들의 권한으로도 가능하기 때문이었다.

특정한 부처가 아니라면 특채는 보통 별정직군이나 기능 직군에서 잘 일어난다. 그런데 별정직은 법적으로 신분이 보장되는 공무원이 아니다. 하지만 이것 역시 이 사람을 밀어주려고 하면 나중에 일반직으로 바꾸어주면 된다.

그러니 이런 소식을 접할 때마다 정상적인 바늘구멍을 통과하려는 수험생들에게는 좌절에 다름 아니었다.

마치 내 자리를 뺏긴 느낌. 그건 수험생이 아니면 알지 못한다.

"형, 우리 이거 청와대에 민원 올릴까? 그 새끼 빽으로 들어간 거 확실하잖아?"

"맞아. 그 인간, 작년 시험에서 나보다 점수도 낮았어."

스터디들이 탁대를 바라보았다. 의협심 하면 또 조탁대 아닌가?

"할 수 있냐? 그 자리 우리 줄 것도 아니고……."

탁대는 담담하게 대답했다.

"그나저나 앉아. 오늘이 형 발표일이잖아?"

"형, 오늘은 형이 행정법 발표하는 날인데?"

남자 수험생이 탁대를 바라보았다.

"알아."

"그런데 아무것도 없이 왔어? 설날이라 깜박 잊고 퍼마신 거야?"

"그게 아니고……."

탁대는 잠깐 끊었던 말꼬리를 단정하게 이어 붙였다.

"스터디 그만두려고!"

* * *

밖으로 나오니 눈이 제법 쌓여 있었다. 점심때부터 흐린 날씨가 눈발을 뿌린 모양이었다. 찬바람이 불자 이마가 선뜩 시려왔다.

시계를 보았다. 저녁 6시 50분.

그래도 오늘은 제법 집중이 되었다. 결심 때문이었다. 중간에 좀이 팍팍 쑤실 때 스터디 동생 하나가 커피 한 잔 마시자고 문자를 보냈지만 씹어버렸다.

—형, 너무 오버하는 거 아니야?

문자가 서운하다고 툴툴거렸다. 하지만 오버는 아니었다. 스터디와 만나면 쉬는 시간이 길어진다. 더구나 다섯 명, 여섯 명이 한꺼번에 동시에 만나는 것도 아니다. 제각각 나오다 보니 오 분, 혹은 십 분 후에 나오는 사람도 있다. 그러니 삼십 분 정도는 우습게 지나간다.

더 중요한 건 잡담을 나누다 보면 긴장이 확실하게 박살난다는 사실.

'이대로 서울시 시험까지 밀어붙이면?'

간만에 집중하니 뿌듯했다. 진도도 제대로 나갈 것 같았다. 하지만 유혹은 곳곳에 도사리고 있다. 그리고 그 유혹은 늘 결심을 한 날에 더 심하게 마수를 뻗게 마련이었다.

다다랑도라랑.

출출한 배를 안고 눈을 밟을 때 전화가 울렸다. 동창생이었다.

—야, 치킨에 생맥 한잔 때리자.

드디어 마수가 뻗치기 시작이다.

"됐거든. 나 강철 같은 결심했으니까 건드리지 마라."

—웬일이래?

"나도 이제 마음잡았다."

—후회 안 하지?

"절대!"

—알았다. 마음 변하면 이따가라도 시청 쪽으로 와라.

첫 번째 유혹은 간신히 넘겼다. 이놈이 마음 변하면, 이라고 말할 때는 하마터면 생각해 보고 갈게라고 말할 뻔했다.

'싸나이 결심이 고작 치킨에 흔들리면 안 되지.'

제법 뿌듯한 마음이 들 때 또 전화가 울렸다. 이번에는 우리 과에서 유일하게 대기업에 들어간 장호였다.

"웬일이냐?"

탁대는 반갑게 전화를 받았다.

—나와라. 형님이 한턱 쏜다.

"오늘?"

—그래. 나 실적보너스 받았다.

"진짜냐?"

—너 참치머리 먹고 싶다고 했지? 죽이는 집 뚫어놨으니까 당장 튀어 와라. 이런 날 사케 한 병 까서 참다랑어 머리 뜯으면 재벌도 안 부럽다더라.

참치? 게다가 머리?

"알았어. 당장 간다."

탁대는 주저 없이 대답했다. 치맥도 아니고 참치머리였다. 그런 고급 음식은 찌질한 친구나 후배들과는 상상도 못할 메뉴였다. 하지만 결심이라는 놈에게 살짝 'Sorry' 한 생각이 들었다.

'야, 술은 조금 먹고 참치만 많이 먹으면 되지.'

탁대는 고개를 드는 양심을 눌러 버렸다. 밥은 어차피 집에서도 먹어야 한다. 그러니 같은 시간에 질 좋은 단백질을 섭취하면 효율적이다. 더구나 참치에는 DHA도 풍부하다. 그것뿐인가? 아무리 공부도 좋지만 인간관계가 원만해야 한다. 그러니 친구의 성의를 무시하면 안 될 일이었다.

군침을 넘기며 버스 정거장에서 차를 기다릴 때 수애가 다가왔다.

"공부 많이 했어요?"

"응. 너도?"

"새로운 방법으로 도전하려니 죽겠어요."

"잘해 봐라."

"오빠도 스터디 나왔다면서요?"

"응? 응……."

탁대는 건성으로 대답했다. 그의 머릿속에서 노인과 바다처럼 거대한 참다랑어가 펄펄 뛰는 까닭이었다.

"오빠도 이제 독한 마음 먹었나보네."

"어쩌겠냐? 올해 떨어지면 집에서도 쫓겨날 판인데……."

"설마 그러겠어요? 부모님인데……."

탁대는 더 설명하지 않았다. 수애는 부모가 없다. 그래서 세상의 모든 부모들이 자기 자식을 애틋하게 생각하는 줄 안다.

미안하지만 그런 헬리콥터 부모는 학창시절이 끝이다. 졸업한 후에 백수가 되면 그 헬리콥터는 감시용 CCTV 작용을 할 뿐이다.

"그런데 어디 가요? 오빠는 걸어서 가잖아요?"

"아, 그게 대기업 들어간 내 친구 놈이……."

거기까지 말한 탁대는 얼른 입을 막았다. 차마 술 마시러간다는 말을 할 수 없었다. 스터디에서 한 말 때문이다. 이제부터 본격적으로 열공 모드에 들어갈 거다. 이유를 묻는 한 친구에게 탁대는 그렇게 선전포고했었다. 그 말이 수애 귀에 들어가지 않았을 리가 없다.

"먼저 갈게요."

수애는 앞서 도착한 버스를 타고 총총 사라졌다. 그 뒤를 이어 탁대가 탈 버스가 달려왔다.

탁대는 잠시 엄청난 번민을 했다. 그건 진리를 찾아 해골이 퐁당 빠진 샘물 앞에 선 원효대사보다 더 심오한 것이었다.

참다랑어냐, 합격이냐?

'가라. 기회는 한 번뿐이야.'

'맞아. 참다랑어 실컷 먹고 DHA 폭풍흡입하면 공부도 잘 될 거야. 게다가 공짜.'

마지막 단어는 특별히 치명적이었다.

공짜!

공짜!!!

공짜의 메아리 속에서 양심이란 놈이 불쑥 튀어나왔다.

'네가 그러면 그렇지.'

'솔직히 양심 있으면 생각해 봐라. 술을 앞에 놓고 참치만 먹는다고? 에라, 이 도둑놈아.'

이번에는 도둑놈, 도둑놈이 떼거지로 귓전에 달려들었다.

결국!

탁대는 버스를 타지 않았다. 그 다음 버스가 왔을 때도 마찬가지였다. 두 번째 버스까지 보낸 후에야 탁대는 집으로 발길을 돌렸다.

집은 텅 비어 있었다. 식탁 테이블에서 탁대를 맞이한 건 돈 만 원과 엄마의 메모였다.

〈작은아빠 집에서 저녁 먹고 올 거니까 오거든 짜장면 시켜먹어.〉

짜장면을 곱빼기로 시켰다. 시커멓게 비벼진 짜장면이 참치의 등처럼 보였다. 탁대는 쉬지도 않고 밀어 넣었다. 맛없었다. 지금쯤 장호 놈은 참다랑어를 먹고 있을 텐데. 볼태기살과 눈덩이살이 그렇게 환상이라던데.

그 생각을 잊으려고 단 세 젓가락 만에 자장면을 끝장냈다. 막 젓가락을 놓을 때 또 다른 친구 놈이 전화를 해왔다.

—너네 집 근처 막창집이다. 튀어 와라.

"야, 이 새끼들아. 너희들 날 잡았냐? 공부 좀 하겠다는데 왜 단체로 사람을 시험하고 지랄이야!"

탁대는 입안에 든 짜장면이 다 튀어나가도록 소리를 질렀다.

작심삼일.

로르바흐는 탁대의 꿈속에서 홀로 생각했다. 마법만 회복되면 조탁대의 브레인 구조를 송두리째 바꾸고 싶었다. 대저 의지가 심약한 인간은 아무것도 이룰 수 없다.

덕분에 얼마나 스트레스를 받았는지 모른다. 뻔한 것을 하지 못할 때, 조금만 더 하면 되는데 포기해 버릴 때.

로르바흐는 이 낯선 미래에 사는 인간들을 경멸했다. 이곳의 인간들은 스마트폰에 빠져 있다. 자나 깨나 신주단지처럼 모시고 살고, 시간만 나면 들여다본다.

'허허, 24시간 마음을 뺏는 요물을 곁에 두고 무슨 꿈을 이룬단 말인가?'

마법공국 라도혼에서는 상상도 할 수 없는 일이었다. 공국의 신민들은 일이 주어진 상황에서는 딴 눈을 팔지 않는다. 하다못해 뱃사공조차도 즐겁게 본분을 다하는 것이다.

그러나 로르바흐 역시 과거만 회상할 형편이 아니었다. 조탁대의 환몽 속에 자리를 잡는 동안 무수한 시행착오를 겪었다. 생각 같아서는 이놈의 숙주가 며칠 만, 아니 몇 달 만에라도 미션을 이루어주면 좋겠는데 보아하니 세월이 좀 먹길 바랄 형편이었다.

처음에는 꿈을 공략했다. 공부 비법도 알려주고, 미녀도 데려다 주었다.

'하지만 죄다 말짱황.'

특히 공부 비법은 쓸모가 없었다. 비법은 조탁대도 알고 있었다. 다만 실천하지 않을 뿐이다. 구슬이 서 말이라도 꿰어야 보배다. 알고도 행하지 않는데 무슨 진보가 있으랴?

여자도 그랬다. 스트레스를 풀면 공부에 집중할까 싶어 숙주가 꿈꾸는 여자들을 현몽시켜 주었건만 오히려 화장실에서 헉헉거리는 횟수만 늘어났다. 완전 속물 같은 놈…….

'가장 중요한 핵심은…….'

이 시대의 공무원 시험이 능력만으로 팍팍 올라가는 게 아니라는 거였다.

일단 패황이 걸어놓은 최초 옵션은 9급 공무원이 되는 것. 그런 다음에 서기관이라는 4급까지 올라가야 한다. 숙주가 공부하는 걸 들여다보니 직급별 최소 승진 소요기간이라는 빌어먹을 규정이 있었다.

그러니까 9급에서 8급이 되는데 적어도 2년, 8급에서 7급이 되는데 역시 3년이 요구된다. 즉, 폭풍 승진을 해도 그 안에 올라갈 수 없다는 거였다.

'미친 국가.'

이거야 말로 미치고 팔짝 뛸 규정이었다. 국민에 봉사하고 능력 있으면 일 년 안에라도 팍팍 올려주는 거지 이런 요상망측한 규정을 가지고 어떻게 국가 근간을 이루는 우수한 공무원을 양성할 수 있단 말인가?

로르바흐의 라도혼 공국에서는 이렇지 않았다. 누구든 인성이 바르고 실력이 있으면 대한민국 공무원 제도와 비슷한 아홉 단계의 궁정집사 서열 2위인 궁정집사관까지 오를 수 있었다.

그런데 국가직과 서울시, 봉황시는 또 형편이 달랐다. 가장 빠른 시간 내에 서기관이 되려면 적어도 서울시나 국가직이 되어야 했다. 그쪽은 자리가 많았다. 그러니 확률이 높은 것이다.

아무튼!

마음은 천 리에 가 있지만 숙주의 능력과 제도를 고려할 때 질러가서 될 일이 아니었다. 다행히 로르바흐는 궁리 끝에 한두 가지 능력을 더 개발했다.

첫 번째는 바로 현몽전이.

이게 뭐냐 하면 숙주를 통해 다른 사람의 꿈에 들어갈 수 있는 마법이었다. 대신 전제 조건이 필요했다. 상대방이 잘 때 숙주와 신체 일부가 접촉해야 한다. 그 시간 역시 5분 정도가 필요했다.

첫 번째 현몽전이는 숙주의 연인인 고초희에게 써먹었다. 영화관에서 그녀가 졸 때 꿈에 들어갔던 것이다.

양다리를 걸치고 고민하던 그녀에게 로르바흐는 확실한 악몽을 안겨주었다. 평생 백수가 되어 초희에게 붙어사는 조탁대를 실감나게 보여주었다. 놀란 그녀는 바로 숙주를 걷어찼다.

대저 동서고금을 막론하고 사랑하는 사람에게 차인다는 건 충격적인 일이다. 더구나 신분이 낮거나 돈 때문에 차이면 더욱 비참하다. 인간에 따라서는 이런 경우에 대오 각성하는 경우가 있다. 이른 바 해탈이다.

오늘 로르바흐는 숙주에게서 이 가능성을 보았다. 그는 결심했다. 그의 결심은 곧 나의 결심이다. 그러니 노터치. 그의 결심에 끼어들지 마라.

두 번째는 순간 열전도.

즉 숙주가 낀 반지에 에너지를 전달하는 것이다.

대마법사답지 않은 쪼잔한 마법이냐고 비웃지 마라.

고작 마법시보들의 첫 단계 수련에 불과한 일이지만, 현몽 속에 자리한 지금은 절정의 메테오를 시전하는 것보다 더 많은 힘이 요구되는 일이었다. 그래서 오늘에야 겨우 무수한 실패 끝에 성공한 것이다.

아쉽기 짝이 없다. 이런 허접한 마법 하나 재현하는데 사력을 다해야 하다니. 하지만 뭔가 마지막 실타래가 풀리지 않으니 별 수가 없었다. 그게 풀린다면 조금은 더 나아질 것이다.

'더 아쉬운 건…….'

이 능력을 숙주에게 전달할 수 없다는 점이었다. 대저 어떤 일을 '마스터' 한다는 것은 그걸 다른 존재에게 학습시킬 수도 있다는 걸을 내포하고 있다. 학습이나 전수를 하자면 숙주와 만나야 한다. 그런데 꿈에서도 직접 만날 수가 없다. 이 또한 드래곤 패황의 결계가 쳐진 모양이었다.

하긴, 어떤 기생 삶이 숙주를 만날 수 있을까? 기생 존재가 숙주의 눈에 띈다는 건 바로 죽음을 의미하는 것이다.

창밖으로 새벽이 밤의 꼬리를 쓸어내며 다가오고 있었다. 로르바흐는 정좌를 틀고 에너지를 모으기 시작했다.

'대성하려면 좋은 습관부터.'

그건 로르바흐가 아케데미의 모든 마법사에게 강조하던 교훈이기도 했다.

"후웁!"

로르바흐는 꿈속을 떠다니던 에너지를 끌어 모았다. 이 에너지를 현실로 내보내는 건 그나마 대마법을 이룬 그였기에 가능한 일이었다.

'나의 비원을 오롯이 담아 전도!'

로르바흐에게서 터져 나온 빛은 링 모양의 파동이 되어 번져 나갔다. 이제 곧 숙주의 링에 닿을 것이다.

숙주는 반지를 빼지 못한다. 그건 패황의 궁리였다. 숙주와 운명공동체. 그걸 빠져나가는 걸 막기 위한 방편이었으니 결코 빼놓을 수 없는 일.

'일어나거라. 숙주여!'

로르바흐는 감았던 눈을 번쩍 떴다.

* * *

"앗, 뜨거!"

탁대는 침대에서 벌떡 일어났다. 재빨리 커플링을 보았다. 후끈 달아오른 반지에서 열기가 느껴졌다.

"이게 미쳤나?"

서둘러 뽑으려하지만 반지는 끄덕도 안 했다. 다행히 열은 금세 사라졌다. 순간적인 열이라 손가락도 별로 데이지 않았다. 그때 알람이 울었다.

"해가 서쪽에서 뜨려나? 네가 웬일이냐?"

언제 들어왔는지 마더가 눈을 비비며 말했다. 깨우지 않아도 일어난 탁대가 기특했는지, 아니면 안쓰러웠는지 마더가 김이 모락모락 나는 동태찌개를 내놓았다.

"어휴, 이제 아들 대접 좀 해주네."

다른 때 같으면 그렇게 설레발을 떨었을 조탁대. 오늘은 얌전히 식탁에 앉아 말없이 밥을 먹었다. 그 왼손에는 노란 포스트잇 한 장이 들려 있다. 마더가 다가와 힐금 그 종이를 바라보았다.

〈사이시옷 규정〉

종이 위에서 까만 메모가 반짝거렸다.

"밥 먹으면서도 공부하니?"

"……."

"별일이네. 이제 마음잡았냐?"

"……."

"점심은 제대로 챙겨먹어. 추운데 괜히 굶고 다니지 말고."

말도 안 했는데 마더가 10만 원을 내밀었다. 괜히 가슴이 짜안했다.

'마더, 고마워요. 올해는 꼭 합격할게요.'

탁대는 시큰해지는 콧날을 감추려고 공연히 킁킁 코를 풀었다.

* * *

겨울바람이 매섭다. 도서관 입구의 계단 앞에 멈춰선 탁대는 목련을 바라보았다. 흰 목련은 그동안 세 번이나 피고 졌다. 탁대는 원래 벚꽃을 좋아한다. 맑은 달밤에 벚꽃나무 아래서 우수수 흰 벚꽃이 질 때면 괜히 좋은 일이 생길 것만 같았다.

목련 가지 끝에는 아슴아슴한 몽우리가 맺혀 있었다. 몽우리는 솜털 하나로 겨울을 건너가고 있다. 아무리 추워도 엄살떨지 않는다. 그렇다고 꽃을 포기하지도 않는다. 저렇게 알몸으로 겨울을 지나 봄이 오면 그 순백의 흰 가슴을 열어 사람들을 맞이한다.

어제까지는 아무렇지도 않게 지나쳤던 목련이 달라보였다. 언제나 8부 능선이 가장 힘들다. 조금만 더 가면 정상인데 숨은 턱까지 차오른다.

'3년…….'

탁대는 1만 시간의 법칙을 생각했다. 스웨덴의 심리학자 안데르스 에릭손이 1990년대에 주창한 법칙으로, 말콤 글래드웰이 널리 알렸다.

이 이론에 따르면 음악가, 작가, 운동선수 등이 1만 시간을 훈련하면 뇌에 변화가 오고 2만 시간 훈련 시에는 놀라운 탈

바꿈을 이룬다고 한다. 즉, 득도와 해탈의 경지에 이르는 것이다.

사실 우리가 잘 아는 다윈도 천덕꾸러기였다. 그 역시 한때는 집안 망칠 인간에 불과했던 것이다.

"너는 스스로의 명예에 먹칠을 할 뿐 아니라 우리 가족에게도 망신거리가 될 거다."

오죽하면 그의 부친이 이런 말을 했을까? 하지만 그도 22살 때 마침내 창의성이 만개하기 시작했다. 비글호에서 항해한 지 5년이 지난 시점이었다.

'그에 비하면 나는 아직 4년 차…….'

게다가 완전히 논 것만은 아니었다. 들쭉날쭉 개념이 흩어져서 그렇지 대충 알아들을 수는 있는 수준. 마더의 10만 원이 자신감에 불을 붙인 것일까? 탁대는 목련을 보며 실쭉 웃어보였다.

'봄이 되면… 너도 나도 활짝 피어보자.'

열람실 좌석에 앉은 탁대는 칸막이를 절반으로 줄였다. 마치 성이라도 쌓듯 견고하게 쌓은 들 무슨 소용이랴. 정작 중요한 건 칸막이가 아니라 집중이었다.

우선 국어부터 공략했다. 다 아는 것 같지만 쥐뿔도 아는 것 없는 국어. 늘 건성건성 훑어보고 문제풀이에 덤볐던 과오를 시정하고 싶었다. 그 처음이 사이시옷이었다.

사실 국어는 공부하기 쉽지 않았다. 척 보면 알 것 같은 착각이 문제였다. 이 착각이 착각을 일으켜 문제를 풀 때는 답을 맞히는 경우도 많았다. 이걸 실력이라고 또 착각을 하는 것이다.

국어는 2008년을 기점으로 문학과 비문학의 비중이 높아지고 문법은 낮아지고 있다. 문제유형 역시 단답형과 지식형 위주에서 창의와 유추능력을 측정하는 쪽으로 옮겨가고 있다. 즉 수능까지는 아니어도 그 절반 정도 수준으로 놓고 하는 공부가 필요했다.

하지만 비문학은 공부하기 까다롭다. 어떤 지문이 나올지도 모른다. 그러니 탁대는 문법만 깔짝거렸다. 그나마 제대로 깔짝거렸더라면 4년 차인 지금은 비문학에 투자할 시간이라도 널널하려만 대충 대충 하다 보니 문법도 시원찮기는 마찬가지였다.

'욕심 부리지 말고 잘근잘근…….'

사이시옷 단원을 펼쳤다. 그런 거야 기본 상식으로 풀면 되지 무슨 열공이냐고? 그렇다면 이 문제를 풀어보시라.

〈햇님〉〈동앗줄〉

이건 맞는 말일까?

〈해님〉〈동아줄〉

이건 또 어떤가?

정답은 아래쪽이다. 실수였다는 변명이 든다면 한 문제 더 보고 넘어가자.

〈장맛비〉〈기찻간〉〈횟수〉

여기서 틀린 말은 〈기찻간〉이다. 〈기차간〉이 맞는 표기법이기 때문이다. 그럼 이런 걸 어떻게 구분해야 할까? 그냥 그때 그때 기분에 따라? NO! 그래서 사이시옷 규정이 필요하다. 사이시옷이 들어가는 경우는 보통 세 가지로 구분된다.

1) 순 우리말로 된 합성어로 앞말이 모음으로 끝난 경우.

2) 순 우리말과 한자어로 된 합성어로 앞말이 모음으로 끝난 경우.

3) 곳간, 셋방, 숫자, 횟수, 툇간, 찻간. 이 6개의 두 음절 한자어의 사이시옷은 예외로 한다.

이런 원리를 알고 풀어야 어떤 단어가 나와도 분석이 가능한데 예로 나온 몇 자만 외우니 요행을 바랄 수밖에.

국어의 함정은 바로 이런 데 있는 것이다. 하나 더 짚어보자.

〈뾰두라지〉〈뾰루지〉

〈꼬까〉〈때때〉

이 단어들은 어떤 게 표준어일까? 둘 다 표준어이다. 재미난 건 외래어 표기법에도 무궁무진하다.

〈로브스타〉〈랍스타〉

〈디렉터리〉〈디렉토리〉

〈심포지엄〉〈심포지움〉

이 단어들은 앞쪽의 것이 맞는 표기법이다. 이렇듯 국어도 사실 만만치 않은 과목임에 틀림없다.

'그랬군.'

탁대는 1), 2), 3)의 조건을 이해한 후에 온갖 단어들을 분석하기 시작했다. 가까이 하기에 너무 먼 국어가 조금 당겨진 것 같았다.

탁대는 가만히 시를 펼쳤다. 김춘수의 꽃이었다.

내가 그의 이름을 불러 주기 전에는
그는 다만 하나의 몸짓에 지나지 않았다…….

탁대가 얼마 전부터 좋아하는 시. 탁대는 이걸 변형 암송하기를 즐겨한다.

'내가 공무원이 되기 전에는 나는 단지 허접한 백수에 지나지 않았다. …누가 나를 공무원 좀 시켜다오. 공무원이 되어 국민의 꽃이 되고 싶다. 모두의 공무원이 되고 싶다.'

공무원 하고 되뇌니 따뜻한 희망이 심장에서 피어올랐다. 내친 김에 행정법을 넘보았다. 탁대는 특정한 곳을 골라 외우기보다 목차부터 다시 정리했다.

통치행위, 행정의 분류, 법치행정의 원리, 행법법의 법원, 행정법의 일반원칙, 신뢰보호의 일반적 요건, 행정법의 효력, 행정상 법률 관계, 행정주체의 종류…….

어느 정도 쓰자 생각이 나지 않았다.

'나름 열심히 했다고 생각했건만…….'

떨어지는 수험생들의 문제는 언제나 '나름'이다. 나름은 중요하지 않다. 경쟁률이 100 대 1이라면 최소한 그 경쟁자들보다 열심히 해야 하는 것이다. 다른 때 같으면 날름 교재를 펼 탁대였지만 낑낑거리며 기억을 더듬었다.

'아! 공권.'

그래도 똘아이는 분명 아니다. 하나하나 더듬으니 용어 정도는 생각이 나 주었다.

공권, 공권의 특수성, 특별권력관계, 시효, 신청, 행정 입법, 행정규칙의 종류, 행정쟁송법상 처분개념, 기속행위와 재량행위, 확정개념과 판단여지, 허가, 타자를 위한 행위, 행정행위의 부관, 행정행위의 성립요건, 확정력, 하자의 승계…….

요기까지 쓰고 나니 왠지 모르는 뿌듯함이 밀려들었다.

초등학교 4학년 때 우리 고장의 지도를 완성한 그런 기분이었다. 모르는 길을 갈 때는 지도가 필요하다.

이 목차 정리 신공은 사실, 수능 때 고득점 학생들의 비법

중의 하나였다.

하지만 탁대는 사용하지 않았다.

'까고 있네. 나는 나만의 공부법이 따로 있어.'

주제넘게도 언제나 그런 생각을 고수했다. 물론 조탁대만의 공부법이 있긴 했다. 단지 점수가 안 나올 뿐.

목차를 정리하다 보니 머릿속에 가득하던 안개가 살짝 걷히는 느낌이 들었다.

'가만, 그러고 보니 처분의 기속행위와 재량행위, 확정과 판단, 부관과 성립요건 등도 전부 일련의 라인 위에 같이 있는 거잖아? 마치 자동차가 움직이기 위해서 각 기관이 함께 작동하는 것처럼 말이지.'

탁대는 눈을 감았다. 그리고 하나의 행정행위가 이루어지기 위한 과정을 머릿속에 그려 보았다.

물론 엉망으로 떠올랐다. 되지도 않는 용어가 끼어드는가 하면 행정학의 용어가 들어오기도 했다. 그럴 때면 교재를 찾았다. 그때 발견한 글자는 늘 보던 그 글자와 달랐다.

사랑하면 알게 되고 알면 보이나니 그때 보이는 것은 전과 같지 않으리라.

그 알 듯 모를 듯하던 명언이 탁대의 가슴으로 전해왔다. 신기하게도 하나도 졸리지 않았다. 그러다 곱창 계곡에서 새어 나온 꼬르륵 소리에 놀라 시계를 보았다.

세상에나!

탁대는 놀라 까무러칠 뻔했다. 시계가 오후 3시를 넘고 있었던 것이다. 말도 안 된다. 늘 밥 먹으러 갈 때를 기다리며 시계를 열 번도 더 보았던 탁대였다.

'나도 이렇게 공부할 수 있네?'

뿌듯한 마음으로 도서관 식당으로 갔다. 그 시간에는 사람이 거의 없었다. 탁대는 라면을 시켰다. 그걸 먹고 있을 때 스터디 친구들이 몰려왔다. 간식을 먹으러 온 모양이었다.

"어, 탁대 형!"

소리에 놀란 탁대가 고개를 들었다.

"혼자 열공할 거라더니 몰래 간식이에요?"

"원래 표시 내는 사람들이 다 그렇지 뭐."

스터디 친구들은 한마디씩 빈정거리며 뒤 테이블에 앉았다. 그러고도 야기죽거리는 소리는 멈추지 않는다.

"나 참, 저런다고 별다른가?"

"그러게 말이야. 주제를 알아야지."

탁대는 새겨듣지 않았다.

배신자!

아마 그들의 느낌은 그럴 것이다. 하지만 이미 뽑은 칼이었다.

'비웃어라. 어차피 나란히 손잡고 합격할 수는 없는 일.'

탁대는 남은 국물을 원샷해 버렸다.

탁대는 300원짜리 자판 커피를 뽑았다. 오늘 첫잔이었다. 다른 때 같으면 적어도 세 잔은 마셨을 탁대였다.

옥외 휴게실로 나오자 공인중개사 스터디 팀이 보였다. 모두 40대부터 50대 후반까지의 중년들이었다.

저들 중에 대머리 아저씨는 벌써 3년째 보는 얼굴이다. 어쩌면 탁대 자신을 보는 것 같았다.

다른 사람들에 비해 담배 피우는 횟수도 많고 커피도 자주 마셨다. 괜한 전화도 많이 하는 사람… 그 결과 같이 공부하던 사람은 다 합격했는데 매년 새로운 멤버들과 스터디를 이룬다.

그래도 고참에 유경험자라고 목소리는 높다.

하긴 탁대도 그런 유형의 인간이었다. 밤마다 들락거리던 포털 사이트. 탁대는 거기서 공무원 시험 상담을 주로 했다.

말은 청산유수였다. 오죽하면 그들 중에 합격한 사람이 고맙다고 이메일까지 보냈을까?

하지만 중이 제 머리 못 깎는다고 정작 자신은 공부할 시간에 뻘짓을 한 셈이었다.

“글쎄 민법은 내 말대로 하면 틀림없다니까!”

대머리 아저씨의 목소리가 높아졌다. 탁대는 조금 남은 커피를 버리고 자리로 돌아왔다.

다시 행정법을 폈다. 전에는 시간표대로 움직였다. 하루 다섯 과목마다 시간을 정해놓고 공부했다. 하지만 이제 공부법을 바꾸고 싶었다.

시간이 아니라 목표량. 이것 또한 탁대가 입으로는 줄줄 청산유수로 늘어놓던 비법 중의 하나였다.

정독 5회 이상!

공무원 합격 비법을 물으면 반드시 끼어 나오는 항목이다. 적어도 다섯 번은 독파하라.

3년 동안 탁대는 행정법을 수십 번도 더 보았다. 그런데도 득도나 해탈은 일어나지 않았다.

'나만의 공부법이 있다니까.'

그때마다 똥고집을 부리며 나태를 합리화했다.

'아직도 머리에 명쾌하게 자리 잡지 못한 인가와 허가, 그리고 특허…….'

그게 그거인 콩 두 알을 던져주고 구분하라면 가능할까? 이놈들이 바로 그런 경우 같았다.

'기속재량과 자유재량행위도 해설을 보면 알 것 같지만 막상 문제가 나오면 버벅거리긴 마찬가지…….'

탁대는 인가라는 글자가 뚫어져라 바라보았다.

안광이 지배를 철함.

이건 보고 또 보면 진리가 깨우쳐진다는 명언이다. 하지만 솔직히 그저 보기만 한다고 득도한다면 합격 못 할 인간이 어디 있을까? 득도는커녕 그 글자 위에서 작은엄마가 피근피근 비웃었다.

'넌 죽었다 깨어나도 안 돼.'

삼촌 동모도 웃는다.

'일찌감치 때려치우고 생산직이나 가라.'

그 비웃음이 탁대를 후끈 달아오르게 만들었다.

'두고 보자고요.'

다른 건 필요 없었다. 오늘은 가장 취약한 인가와 허가, 특허만 박살 낼 생각이었다.

파손 방지용 포장재인 뽁뽁이를 마구마구 터트리듯 유쾌, 통쾌, 상쾌, 장쾌하게.

쾅!

쾅!!

쾅!!!

3장

이상한 커플링

졸음이 왔다.

탁대는 이를 물고 참았다. 그래도 졸렸다. 엎드려 잠들었다. 한참 후에 탁대는 화들짝 놀라 눈을 떴다. 이번에도 반지에 전해온 뜨거움 때문이었다. 시계를 보니 딱 10분을 졸았다.

'생체 알람인가?'

그보다는 와신상담의 방편이 아닐까 생각되었다. 사기(史記)에 나오는 이 고사는 장작더미에 누워 복수를 다짐하고 곰의 쓸개를 핥으며 노력해서 고난을 이겨낸다는 의미를 가지고 있다. 그 쓴 쓸개를 핥는 기분은 어떨까?

탁대도 쓸개를 먹은 적이 있었다. 3년 전, 삼촌 동모를 따라 바다낚시를 갔을 때였다. 보기 드문 민어를 낚아 올리자 소주잔에 넣은 쓸개는 탁대 차지가 되었다.

"와신상담이란다. 먹고 합격해라."

시험만 보면 합격할 줄 알았던 그때, 탁대는 쓸개 맛을 제대로 보았다. 살짝 터진 쓸개야 말로 제대로 쓸개 맛(?)이었다. 탁대는 그때 그 맛난 자연산 회를 다 게워냈다.

사실 초희에 대한 미련은 아직도 진행형이었다. 어쩌면 시험에 합격하면 마음이 변할지도 모른다. 아니, 설령 변하지 않더라도 만나고 싶었다. 그렇게 쓸모없는 인간은 아니라는 걸 증명하고 싶었다.

게다가 이 반지, 우연인지 쓸모도 있다. 기특하게도 알람을 대신하고 있는 것이다.

정신을 가다듬고 다시 열공 모드에 돌입했다. 꼬리에 꼬리를 물던 잠. 뜨거움 때문에 자율신경이 놀랐는지 머리는 개운했다.

공부가 끝난 시간은 7시 반이었다. 아침 7시에 왔으니 꼬박 12시간을 매진한 셈이었다. 더는 진행이 곤란했다. 이제는 분위기를 바꿀 타임이었다.

탁대는 가림판을 철거하고 밖으로 나왔다. 눈이 내린다. 제 세상을 만난 젊은 연인들이 행복한 웃음소리와 함께 지나갔다.

'눈 올 때는 치맥이 딱이야.'

드라마가 아니더라고 오래 전부터 그런 생각을 했던 탁대였다. 아니나 다를까? 주파수를 같이 하는 친구들에게서 호출이 줄을 이었다.

탁대는 받지 않았다. 받으면 흔들린다. 초인이나 성자도 아닌데 굳이 인내심을 시험할 생각은 없었다.

계단을 내려서는데 몸이 휘청거렸다. 온몸에 힘이 하나도 없는 것이다.

'제대로 공부했군. 이런 날은 온몸에 힘이 하나도 없거든.'

몸은 흐믈거리지만 마음은 행복했다. 공부한 자만이 느낄 수 있는 만족감. 그게 기특하게도 탁대를 찾아왔다.

삐로로로!

다시 핸드폰이 울렸다. 그냥 꺼버릴까 는데 작은엄마였다.

"웬일이세요?"

—탁대야. 너 내일 내 심부름 좀 해라.

작은엄마는 다짜고짜 용건부터 찌르고 들어왔다.

"심부름요?"

—아, 글쎄 너희 작은아빠가 지방 출장을 갔는데 중요한 USB를 두고 왔다고 가지고 오라지 뭐냐? 난 내일 오전에 동창들 모임 있어서 바쁘니까 네가 좀 다녀와라.

"전 공부 때문에……."

—얘, 어차피 맨날 떨어지는 시험인데 하루쯤 안 하면 어때서 그래? 차표 끊어줄 테니까 다녀와.

“작은엄마…….”

—알았어. 알바비 주면 되잖아? 오만 원이면 되지?

작은엄마가 오히려 짜증을 냈다.

“저 끊을게요.”

—얘, 탁대야. 그럼 십만 원…….

탁대는 배터리를 뽑아버렸다.

‘진짜 사람을 뭘로 보고…….’

스트레스가 화산처럼 터져 나왔지만 참았다.

공시 4수생.

친척들에게 있어 그건 백수특허와 다를 바가 없었다. 당신을 놀고먹는 식충이로 임명합니다. 그러니 용돈주고 심부름 시키면 고마운 줄 아세요.

‘조탁대. 이게 대한민국에서 너의 현주소다.’

온몸에 피가 콸콸 끓면서 머리카락이 곤두섰다.

‘다들 너 알기를 빨던 오징어 다리만큼도 아니거든. 그러니까 오늘 배운 거 집에 갈 때까지 세 번 반복이다. 못하면 불합격이야.’

탁대는 자신을 모질게 다그쳤다.

“인가란.”

찬바람에 맞서 탁대의 목소리가 새어 나왔다.

"국가 또는 공공단체 등 행정주체가 직접 자기와 관계없는 다른 법률관계에 있어서의 당사자의 법률적 행위를 보충하여 그 법률상 효력을 완성시켜 주시는 타자를 위한 행위로서, 보충행위라고도 한다. 인가는 법률적 행위의 효력요건으로서 무인가행위는 원칙적으로 무효가 되나 처벌의 대상은 되지 않는다. 인가의 대상은 반드시 법률적 행위이어야 하며, 공법상 사법상 행위를 가리지 않는다. 공법상의 행위로는 공공조합의 설립이나 정관변경의 인가가 있고 사법상의 행위는 외국인의 토지취득인가, 특허기업의 사업양도의 인가, 하천점용권의 양도의 인가 등이 있다."

건물 앞에 웅크린 노숙자가 탁대를 바라보았다. 탁대는 히죽 웃어주고 계속 이어갔다.

"인가란 국가 또는 공공단체 등 행정주체가 직접 자기와 관계없는 다른 법률관계에 있어서의 당사자의 법률적 행위를 보충하여 그 법률상 효력을 완성시켜 주시는 타자를 위한 행위로서……."

겨우 한 번이 끝났다. 살짝 꾀가 생겼다.

'세 번 안 하면 떨어진다고.'

탁대는 자기 최면을 걸었다.

"인가란……."

바람이 시원했다. 두 번이나 한 걸 세 번 하기는 싫었다. 그래도 밀어붙였다. 마침내 세 번을 마치고 나자 기분이 상쾌했다. 상한 명란젓 같은 입술이 반짝반짝 빛나는 것이다.

'나태가 너를 떠나는 게 아니야. 네가 나태를 떠나보내는 거지.'

탁대는 마음 깊은 곳에서 속삭이는 소리를 들었다.

길을 건너자 저만치 봉황 시청이 보였다. 시청은 불이 환하게 밝혀져 있었다. 탁대의 눈에 한 중년이 들어왔다. 꼭 부처님처럼 생긴 사람이었다. 그는 눈발을 맞으며 탁대를 스쳐 갔다.

잠시 후에 몇 명의 공무원이 나왔다. 다들 웃고 있다. 아마 퇴근을 하는 모양이었다.

"무슨 볼일 있으세요?"

청사를 나오던 여자 공무원이 물었다.

"아, 아뇨."

기가 죽은 탁대는 고개부터 저었다.

"볼일 있으신 거 같은데 말씀하세요. 도울 수 있으면 도와드릴게요."

여자 공무원은 친절해 보였다. 그 모습에 용기를 얻은 탁대가 입을 열었다.

"그냥 마인드 컨트롤 좀 하러 왔어요."

"마인드 컨트롤요?"

"제가 공무원 시험 준비 중이거든요."

"아!"

여자 공무원이 조용히 웃었다. 탁대는 왠지 모를 고마움을 느꼈다. 가슴에 걸린 공무원증을 보니 이름이 윤아였다.

"열공해서 꼭 합격하세요."

여자 공무원은 가벼운 인사를 남기고 멀어졌다.

'부럽다.'

그랬다. 현직 공무원… 얼마나 신화적인 인물인가? 저 목에 걸린 공무원증을 가질 수만 있다면…….

뽀득뽀득 눈을 밟으며 집에 도착했을 때 부모님의 말다툼 소리가 새어 나왔다.

"탁대가 떨어지는 게 내 잘못이라는 거야?"

"아니면? 나는 학교 다닐 때 공부 잘했거든요."

"누군 못했어? 나도 초등학교 때는 일등 많이 했다고."

"어이구, 그래서 대학도 3류를 나왔어요?"

"이 사람이 왜 이래?"

다툼 소리는 밤하늘로 폴폴 잘도 올라간다.

"당신이 잘났어 봐요. 좋은 데 취직시키면 그까짓 공무원 시험 안 봐도 되잖아요?"

"그렇게 잘난 사람이 좀 시키지 그래."

탁대는 발길을 돌렸다. 저런 상황에 불쑥 끼어드는 건 아무래도 못할 짓이었다. 걸음은 동네 술집 앞에서 멈췄다. 주머니에는 마더가 준 돈이 있었다. 손잡이를 잡은 탁대는 잠시 주저했다.

늘 이랬다.

뭔가 결심하고 해보려고 하면 운명이 방해를 한다. 저놈의 신이라는 존재는 도무지 조탁대가 잘되는 꼴을 못 보는 것이다.

'술을 마시면?'

견적은 뻔하게 나온다. 속상한 순간이다. 일찍 가서 엄마 아빠보기 민망하다. 그럼 두어 병은 까야지. 그렇게 되면 내일 컨디션 안 좋다. 오전에 자야 한다. 오후에도 머리 말끔히 안 갠다. 공부는 물 건너간다.

'결국 작심삼일…….'

A—C—8!

탁대는 괜한 술집 문을 차고 돌아섰다. 그리고 어둠에 묻힌 거리를 향해 미친놈처럼 샤우팅을 내질렀다.

"인가는 행정청이 인가에 해당하는 조건을 제시하고 신청자가 이를 수락하는 상호간의 의사표시로 의사표시 없이 이루어지는 '사실행위' 는 인가가 아니다!"

술집 주인아줌마가 나왔다.

"허가!"

탁대는 더 큰 소리로 악을 썼다.

"허가는 상대적일반적 금지를 특정한 경우에 해제함으로써 적법하게 일정한 행위를 할 수 있게 하는 행정행위로 예를 들면 의사의 면허가 있다!"
아줌마가 고개를 갸웃거리며 손가락을 뱅뱅 돌린다.
"허가의 효력은 신청자와 행정청 사이에만 성립하기 때문에 제3자의 사인에 대해서 효력이 미치지 않는다. 따라서 허가는 사법상의 효력까지 발생하지 않는다!"
아줌마 옆에 손님들도 서 있다. 그래도 탁대 목소리는 멈추지 않았다.
"특허는 신청자와 행정청 사이에서 성립하지만 제 3 자를 배제하는 사법상의 효력을 가짐으로써 행정청과 공법관계가 성립하여 제3자와 사법관계가 발생하게 된다!"
구경꾼들은 더 늘었다. 그제야 탁대는 입을 닫았다.
"미친놈 아냐?"
구경꾼들이 입을 모아 중얼거렸다. 그제야 속이 좀 시원해졌다. 내친 김에 집으로 돌아간 탁대는 거실에 가방을 던지며 소리쳤다.
"마더, 밥 줘요!"
여전히 냉전 중이던 부모님들은 눈만 말똥거렸다.

* * *

삼위일체.
마법교본에 나오는 성취의 기반이다. 시전자의 능력과 마나의 배열, 시전 시의 환경이 정배열을 이루어야 마법은 성공한다. 그저 주문을 외워 나불거린다고 되는 게 아니라는 뜻이다.

로르바흐는 오늘 숙주에게서 이 평범한 진리가 가까이 다가왔음을 느꼈다.

소주.

알코올이다. 로르바흐의 마법 공국 라도혼에는 두 가지 술이 존재한다. 바로 와인과 양주였다. 마법수련생들 중에도 알코올 신봉자들은 많았다.

'술도 긍정적일 때가 있지.'

로르바흐가 인정하는 효용은 단 한 가지였다. 바로 먼 것을 가까이 당겨주는 힘.

술을 마시면 먼 과거의 일도 어제 일처럼 가깝게 느껴진다. 약간 서먹하던 사이도 눈에 띄게 당겨진다. 그러나 거기서 조금 더 오버하면 치명적이다.

로르바흐는 술을 좋아하지 않는다. 대저 신의 경지에 버금가는 성취를 이루려면 당연히 금기할 일이었다.

그런 로르바흐에게 조탁대는 정말 최악의 숙주였다. 업적을 이루려고 도전하는 인간이 이틀이 멀다하고 술을 퍼마셔댔기 때문이었다.

오늘 밤에 겪은 사건도 마찬가지였다. 숙주는 또 알코올의 유혹에 시달렸다. 그간의 정황으로 보아 술을 마시면 잘나가던 진도가 재부팅으로 망가질 가능성이 높았다.

'잔혹한 드래곤 패황!'

다 그자의 농간이었다. 이렇게 가슴 졸이게 하다가 숙주가 죽으면 따라가게 할 의도가 분명했다. 하지만 이렇게 사라질 수는 없었다. 그건 절대, Never 안 될 일이었다.

탁대가 술집 문을 잡는 순간, 로르바흐는 반지를 향해 힘을 모았다. 하지만 열은 전도되지 않았다. 그 또한 숙주가 자는 동안에만 발현되는 마법인데다 많은 마나가 소모되어 하루에 몇 번씩 시전하기는 불가능했다.

'아아, 이게 무슨 꼴이란 말이냐? 이 로르바흐가 이카루스를 가로막는 태양을 만난 꼴이며 손오공을 데리고 노는 부처를 만난 꼴이구나.'

며칠 잘나가던 게 도로아미타불이 될 즈음에 기적이 일어났다. 조탁대가 유혹에서 벗어난 것이다. 지성이면 감천이라더니. 로르바흐는 대마법사의 칭호를 얻던 날 만큼이나 흥분되었다.

지금 숙주는 쌕쌕 잘도 자고 있다. 숙주의 꿈은 완전 무채색이다. 당분간은 꿈도 필요 없다. 잘 먹고 잘 자면 그만이었다.

'먼 것은 가까운 것이 쌓인 것.'

로르바흐는 마법 성취의 바이블을 떠올렸다. 성취란 실로 그 자체가 마법과 같았다. 누구든 그 맛을 보기만 하면 결코 벗어날 수 없는 일. 그건 극한의 엔도르핀 중독으로 불려도 좋았다.

물론 단숨에 맛 볼 수 없는 일이다. 하지만 긍정적으로 보면 이 숙주도 가능성이 있었다. 수박 겉핥기 3년이었지만 그것도 저 하기에 따라서는 좋은 기본으로 작용할 수 있었다.

'푹 자고 직진하는 거다. 국가직은 몰라도 서울시는 사뿐히 붙어줘야지. 적어도 이 로르바흐의 숙주라면…….'

* * *

공무원.

사실 이 의미는 광대하다. 위로는 대통령부터 아래로 동네 통반장과 이장까지 광의의 공무원에 속한다. 하지만 수험생이 몰리는 직종은 대개 정해져 있었다.

검찰사무직.

법원직.

일반행정직.

교육행정직.

보건직.

세무직.

경찰직.

교정직.

대개 이들 직종에 응시자들이 많다. 물론 건축직, 화공직, 농업직, 산림직, 간호직, 약무직 등등 공무원 직종은 셀 수도 없다. 하지만 이들 직종은 자격증이나 면허증이 있어야 한다. 그러니 그런 제한이 없는 직종에 우수마발 도전하는 것이다.

이 중에서도 단연 인기 직종은 행정직이다. 물론 최근에는 경찰의 대우와 근무 조건이 개선되면서 경찰직이 약진하고 있다. 과거에는 보건직 또한 인기를 구가했지만 최근 들어 간호사와 임상병리사 등에게 폭발적인 가점 5점을 안겨주면서 일반 응시자들이 꺼리는 직종이 되었다.

가점 5점.

이는 신의 한수이다. 이 5점이 얼마나 큰 장벽인가는 수능 공부 좀 한 사람이라면 바로 고개를 끄덕이게 된다. 2등급이 1등급이 될 수 있는 해탈인 것이다.

과거에 군 가산점제가 있을 때를 보면 알 수 있다. 당시 7급 공채에서 여자 수험생들은 맥을 추지 못했다. 바로 남자들의 군 가산점이 무한 위력을 발휘했기 때문이다. 물론 9급에서도 사정은 비슷했다.

그 후 군 가산점제가 폐지되면서 여성들의 약진이 시작되었다고 봐도 큰 무리는 없을 것 같다.

그러니 일반 수험생이 보건직에서 간호사나 임상병리사,

물리치료사 등의 보건계열 면허자와 맞짱을 떠서는 별 승산이 없다.

가산점제도의 위력은 곳곳에서 확인되고 있다. 몇 해 전, 서울 위성도시의 제한경쟁시험에서는 1등의 점수가 110점에 근접한 적이 있었다. 구라라고? 천만의 말씀. 이 합격자가 바로 가점 5점 위에 존재하는 국가유공자 자녀였다. 필기시험 98점에 유공자 가점을 더하면? 계산은 각자에게 맡긴다.

군 가산점제는 사라졌지만 각종 가산점제도는 더 활성화되었다. 각종 기사 자격증이나 기능사 자격증 혹은 면허에 다양한 가점을 주고 있다. 하지만 일부러 없는 자격증을 따려고 따로 시간을 할애할 필요는 없다. 그 시간에 열공하라. 시시한 자격증은 보통 1점 내외의 가산점을 주고 있다. 그러니 차라리 공부를 더 해서 한 문제 더 맞추는 게 유리하다.

다만, 대학 전공자라면 학과 과정에서 따두는 게 전략적으로 바람직하다.

한국사.

탁대가 교재를 넘길 때 옆 좌석 여자가 일어섰다. 그제야 짧은 치마가 눈에 들어왔다. 전 같았으면 그녀가 앉자마자 다리가 보였을 것이다. 그때부터 괜히 신경이 쓰인다. 솔직히 여자가 잠이라도 들면 괜한 마음은 자꾸 두근거린다.

그런데 오늘은 그녀가 치마를 입고 왔는지 몰랐다. 아니,

사실 남자인지 여자인지도 몰랐다. 탁대는 새로 적용하는 방식을 머릿속에 그렸다. 한국사의 얼개를 떠올리는 것이다. 맨 처음에는 큰 목차를 그렸다.

선사시대.
삼국시대.
통일신라시대.
고려시대.
조선 전기.
조선 후기.
근현대사.

이 정도는 중학생도 눈 감고 할 수 있다. 이제 여기에 살을 붙여야 하는 것이다. 언젠가 이과를 졸업한 행정 7급 합격생의 수기에 이런 말이 있었다.

한국사도 이과 실험처럼 생각했다.

탁대는 문과생이라 그런 말은 그냥 씹어버렸다. 그런데 이제야 그 말이 살갑게 와 닿았다.

이과 실험은 차례가 있다. 어기면 안 된다. 한 단계, 한 단계를 맞추지 않으면 실험은 엉망이 되고 고구마 심은 데서 감자가 열리는 것이다.

그가 한 말의 속뜻이 그랬다. 큰 목차에 이어 작은 목차를 붙인다. 그 작은 목차에 또 작은 사건들을 덧붙인다.

이렇게 가지를 치다보면 어느새 린네의 학명분류법처럼 기초 뼈대가 이루어진다. 이렇게 이루어진 뼈대는 결코 흔들리지 않는다.

탁대는 그동안 뼈 빠지게 암기했던 노트를 펼쳐 보았다. 볼펜 글씨가 빼곡하다. 그전에는 이 연습장을 몇 장 쓰느냐로 하루 공부량을 가늠했다. 즉, 노트를 많이 쓰면 공부 많이 한 걸로 생각한 것이다. 하지만 그건 착각이었다. 공무원 공부는 암기판이 아니었다.

'한국사도 암기 과목이 아니라 이해 과목이다.'

마침내 작은 해탈을 하기까지 꼬박 3년이 걸렸다. 그나마 올해 들어 득도의 주기가 짧아진 것이 다행이었다.

탁대는 원래 한국사에서 출제가 잘되고 중요하다는 사건만 추려 죽어라 외우는 걸 고수했다. 비극은 거기에 있었다. 그러다 보니 조금만 꼬면 바로 답 사이로 막간다는 사실.

공부에 눈을 뜨다보니 사료뿐만 아니라 도표의 중요성을 깨달았다. 그림이야 말로 어지러운 사건을 한 방에 정리해 둔 보물이었던 것이다.

사료+도표+그림을 합체시켜 이해하면=단원 정복.

바로 이런 공식이 성립한다.

스피드도 문제였다. 건성건성 정리함에도 처음부터 끝까지 정리하는 데 적어도 세 달은 걸렸다. 그러다 보니 정리가 끝나도 각 시대가 따로 놀았다. 여기에 암기한 것까지 뒤섞여 버리니 믿는 것은 오직 운빨뿐.

사료와 그림, 도표 등을 한데 묶어 공부하니 이해가 따라왔다. 겨울이 지나면 꽃이 핀다. 그 꽃이 피듯 보이지 않던 것들이 저절로 보이기 시작했다.

바로 각 시대가 따로 노는 게 아니라 이래저래 유기적으로 연관되어 있다는 진리. 탁대는 이제야 신라와 백제, 고구려의 유사성과 차이점, 각 제도 간의 상관관계가 눈에 보였다.

통일신라와 고려, 조선의 경우도 마찬가지다. 새로운 국가가 열리면서 이전의 사회, 조세, 병역, 신분제도가 어떤 차이를 가지고 변하는지, 나아가 각 왕권은 어떤 통치제도의 특징을 가지고 있는 지를 구분할 수 있게 된 것이다.

가닥이 잡히니 스피드도 부쩍 늘어났다. 왜냐하면 각 시대에서 다른 시대와 비슷한 제도가 나타나면 앞으로 돌아가 확인하고 넘어가기 때문…….

삼매경에 빠졌던 탁대는 누군가 어깨를 두드리는 촉감에야 고개를 들었다. 도서관 직원이었다.

"왜요?"

탁대가 물었다. 직원은 벽시계를 가리켰다.

'으악, 열두 시?'

탁대는 눈을 의심했다. 시계는 정확히 밤 11시 56분을 지나고 있었다.

서울시 공채 접수가 시작되는 날, 탁대는 컴퓨터 앞에 앉았다. 작년에 썼던 사진을 보았다. 이번에는 바꿀 생각이 없었다.

원래 응시 사진은 '최근 6개월 이내에 찍은 탈모 상반신'이 규정이다. 그래서 사진도 착실하게 세 번이나 찍었었다. 그때마다 양복도 입었다. 하지만 이번엔 작년에 쓰던 사진을 그냥 붙였다. 사진이 실력을 만드는 건 아닌데다 몇 번 시험을 보면서 겪어보니 사진과 같은 얼굴인가만 확인하지 언제 찍은 건지는 묻지도 따지지도 않았다.

클릭!

마우스를 누르면서 서울시 접수를 마쳤다. 이제 남은 한 달여는 진짜 전쟁이었다.

거실로 나오자 마더가 차 키를 던져 주었다. 마더의 잔소리는 눈에 띄게 줄었다. 가장 중요한 계기는 아침 기상 문제였다.

탁대는 이제 '오 분 만'을 주장하지 않았다. 그럴 필요도 없었다. 일어날 시간이 되면 저절로 눈이 떠졌다. 바로 따끈 반지 때문이었다.

이놈의 반지가 알람 1분 전만 되면 느닷없이 뜨거워지는 것이다. 뺄 수도 없으니 빠져나갈 방법도 없었다.

몇 번 놀라다 보니 습관이 되었다. 신기한 건 탁대가 일어나면 반지의 뜨거움은 발생하지 않았다. 귀신이 곡할 노릇이었지만 나쁘지 않았다. 덕분에 좋은 습관이 생긴 것이다.

"차 좀 저쪽 공터로 옮겨놓고 가. 아빠가 바빠서 그냥 갔는데 또 딱지 끊을라."

마더가 말했다.

"알았어요."

탁대는 골목으로 나왔다. 어느새 봄기운 확 돌고 있었다. 성급한 양지쪽의 풀들은 벌써 녹색이 산뜻하게 올라있었다.

봄기운을 느끼는 것도 잠시, 탁대의 눈이 번쩍 떠졌다. 파더의 차에 단속반이 뜬 것이었다.

"잠깐만요."

탁대는 두 발에 급발진을 시작했다. 딱지를 붙이려던 여자 공무원이 돌아보았다. 윤아였다.

"어, 안녕하세요?"

윤아를 알아본 탁대가 먼저 인사를 했다.

"수험생 아저씨?"

"아저씨는 아니고요, 주차단속인가요?"

"차주예요?"

"공무원들은 아홉 시에 업무 시작인 줄 알았는데……."

"시장님 지시 떨어지면 새벽이나 휴일에 나오기도 해요."

윤아가 딱지를 붙이려고 윈도우 브러시를 들어올렸다.

“잠깐만요, 선배님들!”

다급한 탁대가 소리쳤다.

“선배님?”

윤아와 그 옆에 선 공무원이 돌아보았다.

“제가 공무원 준비 중이잖아요. 그러니까 합격하면 선배님이죠, 뭐.”

“뭐, 그건 그렇겠죠.”

“한 번만 봐주세요. 공부하다가 차 옮기는 걸 깜빡했어요.”

“봉황시에 응시할 건가요?”

“당연하죠.”

탁대가 대답했다. 찬밥 더운밥 가릴 것인가? 어디라도 합격만 시켜주면 땡큐, 세세, 깜언, 컵쿤 캅이었다.

“진짜 공무원 수험생이에요?”

“그렇다니까요. 비록 몇 번 떨어지기는 했지만…….”

탁대는 그 말과 함께 목덜미를 긁었다.

“그럼 공무원의 첫 번째 의무를 말해 봐요.”

윤아 옆에 서 있던 남자 공무원이 끼어들었다.

“성, 성실의 의무요.”

“구체적으로요.”

“모든 공무원은 법령을 준수하며 직무를 성실히 수행하여야 한다."

"그런데 왜 불법주차를 한 거죠?"

묻는 남자 공무원의 입가에 미소가 스쳐 갔다. 어쩌면 봐줄 것도 같았다.

"죄송합니다."

탁대는 허리를 반으로 접었다.

"한 번은 봐주지만 다음부터는 안 돼요."

남자 공무원이 피식 웃으며 말했다.

"고맙습니다."

탁대는 꾸벅 허리를 숙였다.

"인사는 됐으니까 빨리 차 빼세요. 혹시 미리 적발된 주민들이 신고할지도 모르니까요."

윤아가 웃으며 말했다. 그녀의 목에 걸린 신분증은 오늘도 다이아몬드보다 투명하게 반짝거렸다.

도서관의 봄은 하루가 다르게 깊어갔다. 산수유가 노란 등불을 밝히고 찾아오나 싶더니 햇살은 정원의 나무마다 고루 쓰다듬어 봄꽃을 피워냈다.

시험이 다가오자 스터디 친구들은 학원문제 특강을 들으러 다녔다. 그건 자리를 보면 알 수 있다. 아침에 와서 공부하다가 강의 시간에 맞춰 나간다. 원래는 한 시간 이상 자리를 비우면 안 되지만 그런 건 허수아비 규정에 불과했다.

"오빠!"

햇살이 나른한 오후, 졸린 잠을 털어내려고 자판커피를 마실 때 수애가 다가왔다.

"공부 잘돼?"

탁대가 물었다. 그러고 보니 꽤 오랜만에 만나는 것 같았다. 스터디를 하지 않는데다 식사 시간이 다르니 당연한 일이었다.

"오빠는요?"

"나야 뭐……."

"나도 죽겠어요."

"그래도 보면 무지 열공이던데?"

"내가 할 말이네요. 오빠는 이번에 진짜 합격할 거 같아요."

"야, 아홉 번 떨어진 사람한테 무슨 기대냐?"

"저번에 보니까 밤 열 시까지도 있던데요? 대체 몇 시에 간 거예요?"

"그거야 어쩌다 발동 좀 걸려서……."

"시험은 코앞인데 시간이 없어서 죽겠어요."

"너도 그래?"

"어휴, 이래서 일 년 가지고는 안 된다고 하나 봐요. 딱 세 달만 더 있으면 좋겠어요."

"그래도 열심히 했잖아."

탁대는 수애가 애틋했다. 그건 결과와 상관없는 마음이었다. 따지고 보면 탁대에게 새로운 계기를 준 것도 수애였다. 그녀가 탁대의 고정관념을 깨주었으니까.

"저한테 비법 알려준 선배가 그래요. 열심히 하면 오늘 할 수 없는 것들은 내일은 할 수 있게 된다고."

"명언이네."

"힘내요. 저 들어갈게요."

딱 오 분. 수애가 가진 휴식 시간이었다. 알고 보니 수애는 독하다. 가냘픈 몸 어디에 저런 독기가 배어 있었을까? 탁대도 종이컵을 버리고 자리로 돌아왔다. 이제 서울시 시험은 일주일 앞으로 다가왔다.

사실 시험이 코앞에 다가오면 공부가 되지 않았다. 이제 와서 조금 더 한다고 실력이 늘까? 탁대의 머릿속에 든 생각은 그랬다. 그저 빨리 시험을 보고 긴장감에서 해방되고 싶었었다.

하지만 올해는 달랐다. 남은 일주일을 분석해 보았다. 잘하면 이틀 전에 전 과목 정리를 마칠 것 같았다. 그러고 보니 딱 한 달만 더 있으면 좋겠다는 생각이 들었다. 그럼 한 번 더 돌 수 있고 그만큼 압축이 확실하게 될 것 같았다.

'경쟁률 89 대 1.'

탁대의 뇌리에 경쟁률이 스쳐 갔다. 두렵지는 않았다. 오히려 이상할 정도로 마음이 담담해졌다.

진인사대천명(盡人事待天命).

최선을 다하고 하늘의 처분을 기다린다. 오직 그 경구를 가슴에 새길 뿐이다. 이 긴장은 아무 하고도 공유할 수 없는 것이다. 심지어 부모도 연인도 그렇다. 누구와도 나눌 수 없는 것이라면 차라리 사랑하면 될 일이다.

탁대는 남은 단원의 정리를 시작했다.

* * *

진인사대천명.

참 좋은 말이다. 이 글을 숙주의 책에서 봤을 때 로르바흐는 무릎을 쳤다. 지적 수준이 함부로 볼 시대가 아니었다. 그러면서 한편으로는 의구심도 생겼다. 이렇게 좋은 책으로 공부하는데 학생들은 왜 이 모양일까?

딱히 조탁대만을 두고 든 의문이 아니었다. 조탁대의 스터디 팀들이 거의 그랬다.

진리는 늘 가까이 있는 법이다. 그런데 너무 가까워서 그런 걸까? 그들은 진리의 가치를 알지 못했다. 하긴 평상시에 산소나 햇살의 소중함을 아는 인간은 많지 않다. 너무 흔해서 소중한 것들은 그것이 사라진 후에야 가치를 알게 된다.

그나저나!

이제 첫 관문이 코앞에 다가왔다. 숙주의 뇌에 저장된 공부량과 그간 출제된 시험의 난이도를 분석해 보니 합격선에 가까이 왔다. 약간의 변수가 있지만 그런 것은 늘 혼재하는 것이었다.

'숙주가 9급 공무원이 되면…….'

로르바흐는 입가에 번져 가던 미소를 끊어버렸다. 한편으로는 어이없는 일이었다. 라도혼 공국 마법 역사에 길이 남을 대마법사 로르바흐가 고작 궁정집사보 수준의 시험에 목을 매다니…….

그래도 첫 단추가 중요했다. 이 시대에서는 마법사보가 대마법사되기 만큼이나 어렵다는 4급 서기관. 그건 궁정집사의 직급에 비춰보면 궁정집사장보에 해당하는 시답잖은 것이었다.

그걸 생각하니 한편으로는 측은한 마음도 들었다. 궁정집사들을 우습게 알았던 게 미안할 따름이었다.

'다시 내 시대로 돌아가면 궁정집사보들 좀 챙겨야겠어.'

로르바흐는 잠시 애상에 젖었다. 그때 숙주의 꿈에 비상 신호가 울렸다.

'여자?'

로르바흐가 로브를 펄럭이며 일어났다. 그렇게 막아뒀건만 팔팔한 청춘의 본능이 여자를 끌어들인 것이다. 로르바흐는 꿈속으로 입장하는 여자를 퍼펙트하게 뭉개 버렸다. 그런 다음, 단단한 강철 팻말을 꿈의 대지에 박아놓았다.

〈잡녀 출입 금지〉

그제야 마음이 좀 놓였다.

* * *

노량진 학원 앞은 인산인해였다.

'공시족.'

척 보면 견적이 나오는 공시족들. 대부분 20대들인 그들은 다들 바짝 긴장해 있었다. 탁대는 커피 한 잔을 사들고 후배를 기다렸다. 족집게 문제를 건네받기로 한 것이다.

노량진은 공시족들 덕분에 제2의 전성기를 구가하고 있었다. 인근의 간단한 밥집도 발 디딜 틈이 없었다. 대부분 문제집이나 핵심정리를 보면서 밥을 먹고 있다. 미친 듯이 몰입하는 경쟁자들을 보니 탁대는 훌쩍 비장한 마음이 들었다.

"선배!"

저만치에서 후배가 손을 들며 걸어왔다. 이지애. 탁대보다 3년 후배. 이지은이 공시족이 된 건 바로 탁대의 영향이었다. 탁대의 문헌정보학과는 도서관이 아니면 진출할 곳이 마땅치 않았다. 게다가 국공립 도서관 직원들은 퇴직도 많지 않아 신규 수요가 적었다.

그래도 성적이 좋았던 지애는 졸업과 함께 전자책 회사에 취업이 되었다. 하지만 바로 사표를 냈다. 일은 격무였지만 복지나 연봉 등이 기대 이하였던 것이다.

"오래 기다렸어요?"

"금방 왔어."

"차는 한 잔 해야죠?"

"아니야. 여기 오니까 제대로 전쟁터 같아서……."

"겁나요?"

"솔직히 조금……."

진심이었다. 사실 탁대도 한때는 노량진 공시족이었다. 첫해, 몇 개월 동안 노량진에서 강의를 들었던 것이다.

"에이, 산전수전 다 겪은 사람이 약한 척?"

"너는 합격선이냐?"

"서울시는 빡빡한데 우리가 사는 경기도 봉황시 쪽은 노려볼 만해요."

"좋겠다."

"웬 엄살? 선배야 말로 올해는 합격 해 아닌가요?"

"괜한 소리 말고 자료나 줘."

"합격하면 한 턱 내야 해요."

지애가 복사지를 내밀었다.

"시험 날 보자."

"마무리 잘해요."

둘은 가벼운 인사를 나누고 헤어졌다. 탁대는 얼른 문제를 풀고 싶었고, 지애 역시 탁대에게 시간을 할애할 정도로 널널

하지 못했다.

84점.
79점.
81점.
3회의 모의문제를 푼 결과 평균 81점을 찍었다. 그중에서도 영어가 괄목할 만했다. 늘 60점 대를 어슬렁거리던 점수가 두 번이나 80점을 찍은 것이다. 탁대의 몸이 후끈 달아올랐다.

자신감.

이것의 실체는 전에 느끼던 근자감과 차원이 달랐다. 주제 파악하기와 중점 내용 추출하기를 반복한 결과였다. 대충 감으로 독해를 해내던 약점이 상당수 보완된 것 같았다.

물론 모의시험이 중요한 건 아니었다. 하지만 그래도 3년간의 행적과 비교해 볼 때 고무적인 발전이었다. 해마다 서울시의 커트라인이 왔다 갔다 하지만 시험 운이 조금만 따라주면 서울시는 물론, 그 다음 주에 이어지는 국가직 필기 합격도 노려볼 만한 수준이 된 것이다.

'아아, 조탁대…….'

탁대는 스스로가 대견스러웠다. 가슴 깊은 저곳에서 후끈하게 올라오는 뿌듯함. 나는 이런 사람이다. 조탁대가 이런 사람이라고. 탁대의 자긍심이 몸서리를 쳤다.

'이럴 때가 아니지.'

탁대는 마음을 다잡았다. 속담에 빈익빈부익부(貧益貧富益富)라는 말이 있다. 공부가 안 될 때는 요행수만 바랬는데, 내공이 쌓이자 부족한 점들이 보였다. 탁대는 공부했다. 열두 시가 넘고 한 시가 넘었다. 시계는 시, 분, 초침이 나란히 원을 그리며 잘도 달렸다. 탁대도 달렸다. 봄날은 그렇게 깊어갔다.

서울시 공채 하루 전날, 도서관에는 사람이 없었다. 아니, 정확히 말하면 공시족들이 없었다. 수애도 보이지 않았다. 다들 자기만의 방법으로 최종 정리를 하는 것으로 보였다. 그래도 탁대는 자리를 지켰다. 전용석처럼 쓰던 599번 좌석이었다.

총정리는 아쉬운 대로 어제 끝을 냈다. 오늘은 착오를 일으키기 쉬운 문제들을 정리했다. 원래 뽑아둔 것들을 정리하자 또 다른 게 생각났다. 왠지 모르게 그게 시험에 나올 것 같은 기분……. 그러다 보니 이것저것 자꾸만 늘어났다.

'그래도 열심히 했다.'

날이 저물었을 때, 탁대는 공부를 끝냈다. 마지막으로 남겨둔 모의출제 문제도 씹어 먹었다. 이번 점수도 82점이었다.

모의고사 문제는 사실 난이도가 많이 다르다. 하지만 몇 가지를 풀어보면 실제 성적과 비슷하게 나온다. 탁대는 원래 그런 걸 인정하지 않았다. 매번 60점 대를 헤맬 때마다 튀어나오는 말은 같았다.

"문제가 구려서 그렇지 실전에서는 이보다 잘 볼 거야."

물론 근자감이었다. 그 근자감에 묻혀 3년이 흘러갔다. 하지만 이제 돌아보니 완전히 헛발질만 한 건 아니었다. 그동안 군데군데 외우고 이해하고 익숙해진 용어들이 바탕이 되었다. 탁대는 가뜬하게 교재를 챙겨 일어섰다.

도서관을 나오다 돌아보았다. 갑자기 아련한 느낌이 들었다. 고맙기도 하고 뭔가 약간 허전하기도 한…….

'고맙다. 도서관아.'

탁대는 담담하게 웃었다. 이런 기분은 처음이었다.

얼마를 걷자 재래시장이 나왔다. 출출한 차에 온갖 먹거리를 보니 쪼르륵 곱창의 아우성이 들려왔다.

"굴이 쌉니다. 생물이오, 생물!"

곱창의 아우성 속으로 어물전 주인의 외침이 파고들었다. 생굴은 탁대가 쌍수를 들고 좋아하는 음식이다. 무에 무쳐 먹어도 맛있고 그냥 겨자 간장에 찍어먹어도 대박이다.

"사요. 떨이로 드릴 테니까!"

주인이 탁대의 눈초리를 알아채고 추파를 던졌다.

"얼만데요?"

"원래 한 근에 만 원인데 5천 원만 내세요."

배가 다시 꼬르륵 재촉을 한다. 굴이라면 소화도 잘되겠지? 게다가 바다의 우유라고 불릴 만큼 영양분도 많은 데다……. 거기까지 생각한 탁대는 5천 원을 건네고 검정 비닐봉투를 받아들었다.

집에 도착하니 작은엄마가 와 있었다. 탁대는 굴을 뒤로 감췄다. 괜한 잔소리를 피하기 위한 방법이었다.

"공부는 잘되니?"

"……."

"하긴 잘되어야지. 공부한다고 작은엄마 말도 우습게 아는데……."

작은엄마 목소리는 퉁명스러웠다. 저번에 지방에 다녀오라는 심부름을 거절한 걸 아직도 마음에 담고 있는 모양이었다.

"왜 또 시비야? 우리 탁대가 요즘 얼마나 열심인데……."

옆에 있던 마더가 탁대 편을 들었다.

"뭐, 언제는 열심히 안 해서 떨어졌나요? 문제는 공부하는 방법이지."

작은엄마는 잔소리를 쏟아놓고는 돌아섰다. 마더가 배웅을 위해 따라나가자 탁대는 검정봉투를 바라보았다. 아무래도 무채를 넣고 먹기는 무리일 것 같았다.

대충 차려진 식탁에 굴을 올렸다. 물기를 쪽 빼고 접시에 담으니 제법 맛깔스럽게 보였다. 겨자를 왕창 첨가한 간장에

굴을 찍었다. 탁대는 굴을 깔끔하게 짭짭해 버렸다.

밤 열한 시가 되자 탁대는 책상에서 일어섰다. 수험표와 신분증은 미리 챙겼다. 서울시 발진 준비 완료였다.

'그럼 꿀잠을 자고 일어나 보실까?'

탁대는 불을 끄고 침대에 누웠다.

열 번째 맞는 시험. 물론 한 번은 괜한 사고에 휘말리는 바람에 응시조차 못했으니 정확하게 말하면 아홉 번째 시험이었다. 이 기분은 첫 시험과 비슷했다. 약간의 설렘과 기대감. 다만 두 심정이 다른 점은 첫 시험은 뭘 몰라서 그랬던 거고 지금은 해볼 만하다는 자신감이라는 거였다.

밤이 깊어갔다.

하늘의 북두칠성이 꼬마전구처럼 빛날 때 탁대는 깜박 잠이 들었다가 깨었다. 배가 사르르 아파온 것이다. 별것 아니겠지 하고 몸을 돌렸지만 통증은 가시지 않았다.

'체했나?'

하는 순간, 오장육부가 확 꼬이며 항문이 열리는 느낌이 들었다.

"윽!"

느닷없는 응아의 신호였다. 탁대는 배를 잡고 욕실로 달려갔다.

쏴아!

자연에 순응하는 화장실을 나왔다. 시원했다. 다시 침대에 누웠다.

"……?"

또 신호가 왔다. 이번에는 아까보다 강도가 심했다. 탁대는 또 욕실로 뛰었다.

쏴아아!

수문이 열리듯 거침없이 응아가 나왔다. 응아라기보다는 그냥 물이었다. 게다가 배까지 뒤틀리기 시작했다.

'이거 왜 이래?'

심상치 않았다. 냉장고를 뒤져 소화제를 꺼내 마셨다. 이제 괜찮겠지, 하고 자리에 누웠지만 진정한 통증은 그때부터가 시작이었다.

쏴아아, 쏴아!

수문은 좀처럼 닫히지 않았다. 배는 누군가 쥐어뜯는 듯이 아팠고 나중에는 열린 수문이 아파 변기에 제대로 앉을 수도 없었다.

"배탈 났니?"

소동을 들은 마더가 눈을 비비며 나왔다. 욕실 앞에 기댄 탁대는 대답할 기력도 남아 있지 않았다. 무심하게도 그렇게 아침이 왔다.

고사장 앞은 혼잡했다. 자가용 때문이었다. 탁대는 배를 잡고 택시에서 내렸다. 어떻게 여기까지 왔는지 기억이 나지 않았다. 봉황시에서 서울로 들어오는 광역버스에서도 두 번이나 내려서 배를 비운 탁대였다.

진짜 진짜 하늘이 노랗게 보였다. 다리는 개다리춤을 추는 듯 떨렸다. 내장에서 일어나는 쥐어짜고 뜯어내는 듯한 고통. 지사제로 겨우 열린 항문을 틀어막은 탁대. 배가 아프다고 시험을 포기할 수는 없었다.

'제발 100분 만.'

탁대는 똥꼬를 조이며 되뇌었다. 컨디션은 엉망이지만 100분 정도는 투혼을 발휘할 수 있을 것 같았다. 그런데 잔인한 똥꼬가 또 신호를 보내왔다.

'윽!'

탁대는 화장실로 뛰었다. 거기서 또 내장을 비워냈다. 시험 시간이 가까웠다. 빨리 차단하고 일어나야 하는데 뜻대로 되지 않았다. 일어서려고 하면 또 신호가 오고, 끝났나 싶으면 또 거시기물이 나오는 것이다.

탁대가 화장실을 나왔을 때는 이미 시험시작 10분이 지난 후였다. 아픈 배를 안고 서둘러 뛰었다. 하지만 고사장 복도에서 감독관 둘이 탁대를 막아섰다.

"들여보내 주세요. 배탈이 나서 늦었다고요."

"이러시면 곤란합니다."

"지금까지 화장실에 있었다고요."

"다른 수험생에게 방해가 됩니다. 나가주세요."

"제발요."

"정 이러시면 부정행위자로 통보될 수도 있습니다."

부정행위자?

그건 안 될 말이었다. 그렇게 되면 불이익을 받게 되는 것이다. 하지만 탁대는 더 사정도 하지 못하고 돌아서고야 말았다. 감독관들에게 순응한 게 아니라 또 배가 아팠기 때문이었다. 시험도 중요하지만 응아를 바지가랑이로 줄줄 흘릴 수야 없지 않은가?

조탁대.

모처럼 찾아온 자신감은 화장실에서 무너졌다. 세 번이나 더 화장실을 들락거리고 나니 시험을 마친 수험생들이 쏟아져 나왔다.

"어? 탁대 형?"

스터디를 하던 친구가 먼저 알은 체를 했다. 탁대는 아무 말도 하지 못했다. 허망했다. 지구의 종말이 온다고 한들 이렇게 허망할까?

"잘 봤어요?"

"……."

"그런데 참, 어떤 똘아이가 배탈 났다고 화장실 들락거리느라 시험장에 못 들어왔다던데?"

옆에 있던 또 다른 친구가 말했다. 그 말도 탁대 귀에는 들어오지 않았다. 탁대의 하늘은 노란색에서 하얀색으로 급격히 바뀌고 있었다. 탁대는 결국 119에 실려 가고 말았다.

탁대의 병명은 전염성 식중독. 군중에게 옮길 우려가 있고 예후도 좋지 않아 열흘간 입원실 신세를 졌다.

덕분에 일주일 후에 실시된 국가직은 시험장도 밟아보지 못했다. 한 가지 위안이라면 보건소 공무원은 지긋지긋하게 만났다는 사실.

'재수 없는 놈은 뒤로 자빠져도 코가 깨진다더니.'

탁대가 딱 그 꼴이었다. 더 슬픈 건 마더와 친척들의 시선이었다. 아예 안될 성싶으니까 연극한 거 아니냐는 눈치였다.

탁대의 마음은 까맣게 타들어갔다. 시험 못 본 것도 억울한데 의심까지 받다니. 속이 타는 탁대에게 보건소 직원이 이상한 걸 내밀었다.

"뭔데요?"

"전염성 식중독 검사인데요, 그 면봉을 항문에 밀어 넣었다가 꺼내주세요."

'뭐래?'

"항문에 넣었다가 꺼내시라고요."

보건소 공무원은 친절하게 반복해 주었다. 저 긴 면봉을 콧구멍도 아니고 항문에?

오, 마이 갓!

*　*　*

'오, 마이 갓!'

사기였다.

그것도 완벽한 사기였다.

어떻게 사람의 운명을 이렇게 농락할 수 있을까? 겨우 합격권에 맞춰 놓으니 이 따위 농간으로 무위로 돌리다니.

나 알리안 로르바흐, 다시 한 번 드래곤 패황의 능력에 좌절하고 말았다. 그는 자신의 권위에 도전한 내게 치욕에 치욕을 더 하여 안김으로써 능력을 과시하고 있는 것이다.

이카루스가 이랬을까? 하늘이 가까워졌을 때 녹아내린 그의 밀랍 날개를 보면서…….

무심타, 속절없는 기생 삶.

숙주의 길을 지켜만 보아야 하는 이 한숨을 무엇으로 달랠까? 그나마 국가직이나 서울시로 들어가야 4급 서기관 숨통이 트일진대 이렇게 되면 남은 건 경기도 봉황시 공채.

그나마 불행한 변수를 방지하려면 이 숙주의 입을 막아야 하는 것인가 항문을 막아야 하는 것인가? 아아, 슬프도다. 요란한 설사 소리와 함께 내 꿈도 함께 떠내려갔도다.

털썩!

*　*　*

"반지를 뺄 수 없냐고요?"

퇴원일 오전, 탁대가 의사에게 물었다. 기왕 병원에 왔으니 가능하면 반지를 빼고 싶었다. 의사는 탁대의 손가락을 살폈다.

"커플링인가요?"

"……."

"손에 붙은 것도 아니고… 그냥 빼시면 되잖아요?"

"그런데 죽어도 안 빠져요."

탁대가 울상을 했다.

"그냥 조심조심 빼시면 나올 것 같은데……."

"안 된다니까요."

"그럼 집에 가셔서 줄톱 같은 걸로 갈아보세요. 천천히 갈은 다음에 스패너 같은 걸로 양쪽에서 당기면 벌어지지 않을까요?"

"아, 그러면 되겠네요."

나름 간단한 묘안이었다.

탁대는 짐을 챙겼다. 열흘간 누워만 있기도 뭣해서 영어 공부를 했었다. 처음 3일은 고역이었지만 마음을 비웠다. 아직 봉황시 시험이 남아 있는 것이다.

"어이구, 이 인간아!"

마더가 탁대의 옆구리를 꼬집었다. 은근히 서울시나 국가직에서 합격을 기대했던 마더의 소심한 복수였다.

"따라와."

마더는 탁대를 도가니탕집으로 데려가 수육을 시켜주었다.

"먹어. 어디서 이런 게 아들로 나와 가지고 속을 썩이나 몰라."

마더의 목소리에는 의무적인 애정이 섞여 있었다.

"엄마!"

도가니탕 수육을 바라보던 탁대가 조용히 입을 열었다.

"왜?"

"나 공무원 하고 인연이 없는 걸까?"

"무슨 소리야? 언제는 공무원 팔자라더니."

"그건 엄마가 한 말이야."

"내가?"

"그때 점보고 와서 관운이 있다고……."

"그 빌어먹을 점쟁이. 다시 만나면 머리카락을 다 뽑아버려야지."

마더의 목소리가 높아졌다.

"이번에는 해볼 만했는데……."

"됐으니까 먹고 몸이나 추슬러. 이젠 하다하다 똥질까지 해대냐?"

"미안해."

"알면 좀 붙어라. 붙어. 내가 원 동네……."

창피해서… 마더의 말줄임표 뒤에 이어질 말은 그것이었다.

"이거 엄마가 먹어."

"뭐?"

"대신 봉황시에 합격하면 다시 사줘. 그때 두 배로 먹을 거야."

탁대는 치밀어 오르는 아쉬움을 끝끝내 목 안으로 밀어 넣었다.

'빌어먹을 운명, 아무리 막아도 나는 공무원이 될 거다. 그리고 다시는 생굴 따위는 쳐다보지도 않는다.'

탁대는 김이 모락거리는 수육 앞에서 주먹을 그러쥐었다.

틱!

'응?'

티딕!

'뭐래?'

이상했다. 반지는 줄톱을 받아들이지 않았다. 아무리 애를 써도 마찬가지였다.

'뭐야? 링이 다이아몬드도 아니고… 응?'

반지를 살피던 탁대의 눈이 휘둥그레졌다. 링에서 이상한 문자가 희미하게 보였다.

'RORBACH?'

일곱 개의 문자는 알파벳 같았다.

'이런 게 언제 써진 거지?'

기억을 더듬어보지만 답이 나오지 않았다. 탁대는 서랍에 처박아둔 초희의 커플링을 꺼냈다. 그 반지는 말쑥했다.

'롤배쉬? 왜 내 반지에만 이런 문자가?'

Bach는 영어로 작은 별장을 뜻하는 단어다. ROR은 별다른 뜻이 없었다. 하긴 문자는 영어가 아닐 수도 있었다.

아무튼 신기했다. 일어날 시간에 열을 방출하질 않나? 귀신도 모르게 문자가 씌여 있질 않나?

탁대는 초희의 반지를 줄톱으로 슬쩍 갈았다. 그 반지는 잘도 갈렸다.

'황당하네.'

두 반지를 맞대 보았다. 원래는 같은 색이었는데 탁대의 것에는 붉은 기운이 감돌았다. 가만히 보니 디자인만 비슷하지 거의 다른 반지로 보였다.

'쳇, 사랑이 깨지니까 알아서 바뀌는구나.'

거실로 나온 탁대는 초희의 반지를 마더에게 내밀었다.

"뭔데?"

"병원비 대신이야. 18금이니까 팔아서 쓰시던지."

초희에 대한 미련은 완전히 접었다. 그 결론도 병원에서 내렸다. 입원했다면 와줄까 싶어 카톡을 때렸지만 답은 오지 않았다.

사랑의 봄 반대편에는 얼음왕국 겨울이 있다.

탁대는 그 말을 절감했다. 변심한 연인에게 지분거리는 것만큼 쪽팔리는 일이 또 있을까? 탁대는 비로소 전화기에 남은 초희의 흔적을 '에브리띵' 지워 버렸다.

열흘!

아낌없이 밀어낸 내장처럼 머리는 제대로 비워졌다. 경기도 봉황시 공채시험은 두 달 앞. 그래도 살짝 득도의 기쁨을 맛본 탁대다. 여전히 희망은 있었다.

탁대는 다시 도서관을 찾았다. 열흘 만에 온 도서관은 다소 낯설었다. E—running실을 보니 스터디 친구들이 보였다. 아직 발표가 난 건 아니지만 떨어진 눈치였다.

"오빠!"

새로 발동을 건 후에 잠시 커피 한 잔을 뽑으려할 때 수애가 등을 쳤다.

"왔냐?"

"며칠 안 보이길래 합격해서 안 오나 했어요."

"에우, 말도 마라."

탁대는 손사래를 쳤다. 차마 무한 똥질을 해대느라 병원에 입원까지 했었다는 말은 나오지 않았다.

"시험 잘 봤죠?"

"조졌어."

고개를 젓는 것으로 설명을 대신했다. 무슨 변명이 필요할까? 병실에 누워 있을 때 탁대는 생각했다. 건강도 실력이라고. 시험 날 몸이 망가진 건 이유가 될 수 없었다.

"너는 어때?"

"대충 채점해 보니까 70점 대 후반 같아요."

"진짜?"

"뭐가 진짜예요? 어차피 떨어지기는 마찬가지일 텐데……."

"아니야. 난 3년 동안 60점 대 허다하게 맞았잖아? 70점 대 후반이면 잘하면 붙을 수도 있어."

"그런 기대는 접고 봉황시에 올인 해보려고요."

수애의 눈빛은 단단해 보였다.

"하긴 발표 때까지 손 놓고 있으면 봉황시도 어렵지."

"열공하세요."

수애는 그 말을 남기고 열람실로 들어갔다. 한없이 가냘프게만 보였던 수애. 그녀의 단단한 신념이 갈수록 거인처럼 보였다. 다른 사람은 몰라도 그녀의 합격은 시간문제인 것 같았다.

'조탁대. 서당 개 삼 년이면 천자문을 뗀단다. 그래도 햇수로 4년 차인데 초짜에게 질 수야 없지.'

탁대는 커피를 단숨에 털어 넣었다.

봄이 깊어가더니 신록의 여름이 다가왔다. 탁대는 그 여름에도 늘 같은 시간에 열람실에 들어섰다. 문제지를 전해준 지애는 서울시에 합격했다는 연락이 왔다. 점수는 86점이었단다. 그렇게 애를 쓰더니 결국 좋은 결과를 얻었다.

지애는 면접까지 무난하게 통과했다. 무지 긴장을 했지만 정작 면접은 별거 아니었다고 한다. 이제 그녀에게 남은 건 공무원 채용 신체검사. 딱히 아픈 곳이 없으니 직무를 수행 못할 질병이 발견될 리는 없었다.

부러웠다.

하지만 오래 생각하지 않았다. 경기도 공채가 후끈 코앞에 닥친 것이다.

총정리는 지난번보다 빡세게 이루어졌다. 조금 부족한 단원을 집중으로 공략한 후에 출제 비중에 맞춰 총정리를 시작했다. 제일 만만한 게 가장 먼저였고 가장 어려운 단원은 시험 3일 전에 완성하는 스케줄이었다.

한 번 제대로 공부한 것이라 시간도 많이 절감되었다. 게임으로 치자면 쓸 만한 아이템이 몇 개 보강된 것과 같았다. 그때마다 피식 웃음이 났다.

이만한 준비도 없이, 겁대가리 없이 덤볐던 아홉 번의 시험들. 그건 결국 요행을 바랐던 것에 다름 아니었다.

경쟁률 89 대 1.

그중 절반은 공무원 시험이 어느 수준인가 확인하려는 수험생.

나머지 절반의 절반은 대충 공부한 수험생.

그 나머지의 절반은 어느 정도 공부한 수험생.

그 최종 나머지의 절반이 바로 경쟁력을 갖춘 수험생.

마침내 탁대는 공무원 시험의 수준을 알 것 같았다. 그 자신이 비로소 경쟁력을 갖춘 수험생 집단에 포함된 것이다.

87점!

탁대가 마무리를 하며 맞은 모의문제의 평균 점수였다. 지난번 서울시 대비보다 몇 점 더 높았다. 가만히 교재를 들여다보았다. 책만 봐도 공부한 흔적이 엿보였다. 집중적으로 공부한 페이지에는 손때가 따끈따끈하게 묻어 있는 것이다. 그리고 그 단원이 뭔지, 책을 펴지 않아도 알 수 있었다.

'최소한 이 정도는 해야 하는 것을…….'

마음이 편했다. 다시 공부를 해도 이보다 많이 하기는 힘들 거 같았다. 최종 마무리를 끝낸 탁대는 교재를 챙겼다. 이번에는 시장 쪽으로 가지 않았다. 저녁 식사도 익힌 것 외에는 손도 대지 않았다.

'봉황시 지방행정서기보 조탁대.'

탁대는 그 직함을 곱씹으며 잠이 들었다.

*　　*　　*

'설사로 해탈하다.'

탁대의 꿈속에서 로르바흐는 로브를 눌러썼다. 지난번 서울시 공채 전야의 악몽을 기억하는 까닭이었다.

다행히 오늘은 날것을 먹지 않았다. 하늘이 무너지는 사고만 나지 않는다면 승산이 있는 시험이었다. 그러나 이 시대는 예측불허였다. 무수한 자동차와 연일 터지는 사건 사고들.

어떤 날은 정신 나간 자가 칼을 휘두르고, 또 어떤 날은 소송에 불만을 가진 사람이 공공장소에 불을 지르기도 했다.

그뿐인가? 홧김에 차를 몰고 사람을 받는 인간에, 시도 때도 없이 터지는 대형사고들. 드래곤 패황조차도 정신없을 일이었다.

'패자는 운명에 따를 뿐.'

로르바흐는 격정을 접었다. 이 또한 숙주인 조탁대 덕분이었다. 느닷없는 설사로 거사를 망쳐 버린 탁대. 그때 로르바흐는 숙주의 새로운 면을 읽었다. 나름 빛나는 의지를 보인 것이다.

사실 그날 탁대의 복통은 굉장했었다. 그런데도 의지 하나로 시험장으로 향했다. 비록 시험을 보지는 못했지만 그런 의지라면 희망이 있었다.

'그래도 죽으란 법은 없군.'

로르바흐는 처음으로 탁대가 대견스럽게 느껴졌다. 아니, 한편으로 보면 숙주에게 적응한 덕분인지도 몰랐다.

'그저 설사만 나지 않기를.'

라도혼 마법 공국의 대마법사 로르바흐. 그가 그날 밤새 중얼거린 기도는 소박하기만 했다.

*　　*　　*

날이 밝았다. 여름 햇살은 따끈따끈했다. 그 햇살 아래서 담쟁이들이 담벼락에 푸른 뜨개질을 하고 있을 때 탁대는 잠에서 깨었다. 일단 배부터 확인했다. 아프지 않았다. 침대에서 일어나 콩콩 뛰어보았다. 아무렇지도 않다.

'고맙습니다. 하느님!'

탁대는 믿지도 않는 하느님에게 인사부터 전했다.

아침 밥 역시 익은 것만 먹었다. 그 몸에 좋다는 웰빙 산나물 무침 같은 것도 쳐다보지 않았다. 수험표와 신분증을 챙긴 탁대는 가방을 메고 격전지로 나섰다.

봉황종고!

시험장은 봉황종합고등학교였다. 탁대는 이 시에 이사 와서야 겨우 이름을 들었지만 봉황시에서는 나름 유서 깊은 학교라고 한다. 종고의 위력은 특히 선거나 여론조사 등에서 엄청난 위세를 떨치는 모양이었다.

수험장이 가까웠을 때 한 아저씨가 말을 건네 왔다.

"봉황종고가 이쪽 맞나요?"

나이는 50쯤 됐을까? 저절로 웃는 모습이 흡사 움직이는 부처님 같았다.

"네."

"여기서 얼마나 걸려요?"

"한 오 분 정도 가면 나올 건데요."

"고마워요."

아저씨는 서툰 걸음으로 뛰기 시작했다. 감독관인가 싶은 생각이 들 때 뒤에서 경적이 울렸다.

"혹시 이 동네 살아요?"

차 안에서 훈남 하나가 고개를 내밀었다.

"왜요?"

"차 댈 데 좀 찾느라고요. 주차할 만한 데가 없네요."

"저쪽으로 가면 공터가 있어요."

"혹시 봉황시 공채 보러 가세요?"

"그런데요?"

"저도 수험생이에요. 파이팅하세요."

훈남은 멋대로 지껄이더니 차를 몰고 골목으로 질주했다.

'차 좋네. 집이 좀 사나 보지?'

차를 보며 웃었다. 부러운 자식이었다.

〈봉황시 지방공무원 공채시험장〉

봉황종고 앞에 걸린 현수막 앞에서 탁대는 걸음을 멈췄다. 입구에 낯익은 얼굴이 보인 것이다.

"안녕하세요?"

탁대는 안내라는 띠를 맨 여자에게 인사를 했다. 윤아였다.

"어머, 오늘 시험 봐요?"

"네."

"공부 많이 했어요?"

"그냥 열심히 봐야죠, 뭐."

"들어가세요. 저쪽에 가면 반 배치도가 있을 거예요."

"오늘 감독관으로 오신 건가요?"

"감독관은 아니고 고사본부 지원자로 끌려왔어요."

"네."

탁대는 어색한 인사를 남기고 돌아섰다. 고사장을 찾아 들어가니 낯익은 사람이 보였다. 아까 길을 묻던 그 아저씨였다.

'엥? 저 나이에 9급?'

말로만 듣던 노익장 응시생인 모양이었다. 하지만 별로 놀랄 일은 아니었다. 그 아저씨 말고도 40대가 셋이나 더 보였다.

종이 울리면서 감독관 둘이 들어섰다. 소박한 옷차림에 꽂힌 감독관이라는 리본. 공무원 냄새가 폴폴 풍겨왔다. 탁대는 눈을 감았다.

'아홉 번째 시험.'

두렵지 않았다. 긴장도 별로 되지 않았다. 다른 때 같으면 막강한 경쟁자로 보였을 수험생들도 별 존재감이 없었다. 이상할 정도로 담담해진 것이다.

그리고 마침내 운명의 시험 시작종이 울렸다.

딩도로롱댕!

4장

가문의 영광, 9급 공무원 합격!

시험지 배본이 끝나자 교실 여기저기서 낮은 한숨이 새어 나왔다. 한숨이 뜻하는 의미는 오직 하나다.

'틀렸구나.'

하긴 확률적으로 보면 이 교실에서 합격할 사람은 없거나 한 명 정도였다. 탁대는 일단 국어부터 훑어보았다.

낯익은 문제들이 곳곳에서 인사를 했다. 한국사도 그랬다. 행정법까지 넘겨본 탁대는 국어부터 달리기 시작했다.

'엇, 이건 거의 그대로 나왔네?'

반가운 문제가 많았다. 모의고사나 교재에서 보았던 지문이나 문제가 거의 차례만 바꿔서 나와 주신 땡큐한 문항들…….

인간의 정신력은 얼마나 될까? 그건 무량무한하다. 인간은 뇌 기능의 극히 일부만을 사용하는데 불과하지 않은가? 이건 과학자들조차 인정하는 이론이었다.

마지막 시험지를 넘기니 시간은 75분이 지나 있었다. 탁대는 모았던 한숨을 내쉬었다. 그렇다고 다 맞춘 것은 아니었다. 과목별로 한두 개씩 헷갈리는 문제들을 미루어두었다.

탁대는 그 문제들을 재공략하기 시작했다.

'나는…….'

미뤄둔 문제를 확인하며 탁대는 생각했다.

'이제야 공부에 눈을 뜬 것 같다. 고등학교 때도 이렇게 공부했으면 SKY는 몰라도 중경외시는 문제없는 건데…….'

지금 알고 있는 것을 그때 알았더라면 얼마나 좋았을까? 무엇이나 조금씩 늦는 게 인생이다. 그래도 탁대는 웃었다. 어쩌면 탁대가 꽃 피어야 할 자리는 이쯤이었는지도 모르니까.

"시험 마감 10분 전입니다."

감독관이 탁대 곁을 지나며 말했다. 슬슬 답안 마킹을 하라는 뜻이었다. 다행히 서너 문제를 해결했지만 남은 문항은 탁대의 능력으로 해결불능이었다.

'100점을 맞아야 합격하는 건 아니니까.'

그렇게 생각하면서 탁대는 스스로 놀랐다.

전에는 그저 목을 매는 게 커트라인이었다. 작년 커트라인이 78점이라면 그게 목표였다. 어쩌다 몇 년 전에 72점이었다는 정보가 오면 올해도 그렇게 팍 내려가길 학수고대했다.

하긴 그런 공무원 시험에 그런 행운이 없는 건 아니다. 오래 전에 수험생들은 굉장한 행운을 만났다. 바로 수학시험에 과낙한 수험생들을 구제해 준 것이다.

지자체들은 조직개편이 있게 되면 한꺼번에 많은 신규공무원을 채용한다. 서울시를 예를 들자면 과거에 분구가 된 적이 많았다. 당시만 해도 공무원 시험이 그렇게 인기가 있지 않았다. 이럴 때는 과낙자도 구제해야 하는 경우가 생긴다. 과낙 없는 합격자가 많지 않으면 더욱 그렇다.

하지만 그 후로 그런 사례는 거의 없었다. 공무원 경쟁률이 하늘 높은 줄 모르고 치솟은 덕분이었다.

끝까지 풀지 못한 몇 문제는 그냥 기분에 따라 찍었다.

그때였다. 부처님 아저씨가 벌떡 일어나더니 감독관에게 걸어갔다.

"답안지 좀 바꿔주세요."

아저씨의 얼굴에서 땀이 흥건히 흘러내렸다. 정말 혼을 다한 모양이었다. 감독관이 새 답안지를 내밀었다. 그러자 여기저기서 수험생들이 일어섰다.

"답안지 여유분은 이제 없습니다. 신경 써서 마킹하세요."

감독관의 목소리와 함께 시험을 끝내는 종소리가 울려 퍼졌다.

"손 떼세요. 지금부터는 부정행위로 간주합니다."

감독관이 저승사자처럼 소리쳤다. 또 다른 감독관이 뒤에서부터 답지를 걷기 시작했다. 마지막으로 걷은 건 부처님 아저씨의 답지였다. 감독관이 답지를 집어 들자 아저씨는 무너질 듯 의자에 기댔다.

50세에 가까운 외모. 저 나이에 공무원이 되면 뭘 할까?

고작 10년도 근무하지 못해 퇴직해야 한다. 그럼 연금도 없다. 그런데도 나이 먹은 공시생들은 하루가 다르게 늘고 있었다.

탁대는 칠판 앞에 쌓아둔 가방에서 자신의 것을 찾아들었다. 그런 다음에 가뜬하게 운동장으로 나왔다.

'후우!'

바람이 폐포의 구석구석 빨려 들어왔다. 개운했다. 몇 문제는 틀린 것 같지만, 현재로는 거의 90점을 넘긴 듯한 느낌이었다.

"탁대 오빠!"

막 교문을 나설 때 뒤에서 수애가 달려왔다.

"어, 잘 봤냐?"

"대충 봤어요."

"웃는 거 보니 합격권인가 본데?"

"그게 내 마음대로 되요? 그런데 오빠도 잘 봤나보네요?"

"나는 그럭저럭……."

벼는 익을수록 고개를 숙인다. 전 같으면 합격이라도 한 듯이 떵떵거리던 탁대. 하지만 그때보다 월등히 잘 본 것 같은 오늘은 전혀 내색하지 않았다.

"배고플 텐데 밥 먹고 갈래?"

탁대가 말했다. 한때는 탁대를 멘토로 알고 지냈던 수애였다. 그때 생각만 하면 지금도 탁대는 얼굴이 화끈거린다. 쥐뿔 아는 것도 없이 주워들은 말로 조언이랍시고 나불거렸던 조탁대. 돌아보니 그런 말들은 죄다 뜬구름 잡기에 불과한 일이었다.

"고맙지만 선배랑 약속이……."

수애가 바라본 곳에 한 남자가 보였다.

"우와, 좋겠다. 빨리 가봐."

탁대는 수애를 밀었다. 아마 비법을 알려준 선배인 모양이었다.

"시험 잘 봤어요?"

수애를 보낸 탁대는 교재를 꺼내 들었다. 궁금한 답을 찾아보려는데 부처님 아저씨가 다가왔다.

"어, 아저씨."

"우리 같은 교실에서 봤죠?"

"말씀 놓으세요."

"에이, 나이 먹은 게 뭐 벼슬인가요? 똑같은 수험생인데…….”

“아저씨는 잘 보셨어요?”

“배고프죠? 내가 쏠 테니까 짜장면 먹으러 갑시다.”

“짜장면요?”

“진이 쏙 빠져서 그런가? 나는 배가 고프네.”

아저씨가 사람 좋은 미소로 웃었다. 딱히 약속이 없었던 탁대는 달리 거절하지 않았다.

빵빵!

골목을 나갈 때 자동차가 다가와 경적을 울렸다. 그 훈남이었다.

“두 분도 봉황시 공채 보고 가는 겁니까?”

훈남이 창문을 내리고 물었다.

“그런데요?”

“타요. 같은 수험생인데 버스나 지하철 정거장까지 태워드릴게요.”

“고맙지만 우린 짜장면 먹을 생각이라서…….”

아저씨가 부처님처럼 웃으며 끼어들었다.

짜장면은 다섯 명이 먹게 되었다. 탁대와 아저씨, 그리고 훈남에다 수애와 그 선배까지. 훈남이 주차를 해결해 주어 한턱 쏘겠다고 한 가게에 수애가 들어온 것이다.

아저씨의 이름은 채은돌. 자그마치 54세였다. 훈남은 류재광. 작년에 대학을 나온 그는 27세였다. 전문대를 나온 수애가 23세로 가장 어렸다.

"우와, 진짜 대단하시네요."

탁대 일동은 은돌의 향학열에 혀를 내둘렀다. 그는 원래 조그만 수공업에 종사했었다.

말이 수공업이지 도배부터 배관, 보일러 수리까지 안 해본 일이 없다고 했다. 그런데 하는 일마다 좋지 않았고 월급쟁이로 가면 월급도 못 받는 경우도 있었단다.

"그래서 생각해 보니까 이 나이에 뭐 번듯하게 내세울 게 없더라고. 애들 보기 부끄럽기도 하고……."

은돌은 중학생 아들과 초등학생 딸을 두고 있다.

그는 어느 날 아들에게 꿈을 가지라고 말하려 할 때 엄청난 부끄러움을 느꼈다. 그 자신 무엇 하나 도전해 보지 못한 주제에 아들에게 강요하는 것만 같았다. 마침 다니던 중소기업이 문을 닫았다.

'나도 뭔가 해낼 수 있다는 걸 증명해 보자.'

은돌은 그때 공무원 시험을 결심했다.

"처음에는 머리 뽀개지는 줄 알았지."

짜장면을 한 입 말아 넣은 은돌이 계속 말을 이었다.

"내가 예전에 방송대 행정학과를 나오긴 했거든. 그거 하나 믿고 덤볐는데 후회막심했지. 괜한 짓을 해서 아들한테 흰소리나 해대는 아빠가 되는 거 아닌가 싶었어."

처음 만난 은돌. 하지만 탁대는 하나하나 이해가 되었다. 소위 동병상련이라는 것이다.

"얼마나 하신 건데요?"

"8개월!"

"그럼 경험삼아?"

재광이 조심스레 물었다. 수애와 탁대도 은돌을 주시했다. 중년의 아저씨가 8개월 공부라면 합격은 기대하기 어려웠기 때문이었다.

"이 나이에 경험이 어디 있어? 난 무조건 합격하러 왔어."

"정말요?"

제일 놀란 건 탁대였다. 합격이라니? 그것도 공부와 담 쌓고 살던 중년의 아저씨가.

"내가 그래도 독서는 좀 했거든. 덕분에 국어는 좀 되더라고. 행정법하고 행정학도 파다 보니 감이 잡혔어. 제일 어려운 게 그놈의 영어였는데 그래도 60점은 맞은 거 같아."

"영어 60점으로는 어렵지 않을까요?"

재광이 또 물었다.

"그래도 다른 거는 거의 다 맞았으니까."

"……!"

탁대와 수애는 들었던 젓가락을 내려놓았다. 거의 다 맞았단다.

"뭘 놀라고 그래? 나, 이래봬도 가장이야. 한 푼이 아쉬운데 2년, 3년 잡고 덤빌 수 있어? 될 수 있으면 한 방에 끝내야지."

은돌은 뽀얀 웃음을 머금고 짜장면을 쓸어 넣었다. 농담이 아니다. 정말 합격권에 든 모양이었다.

"아저씨, 합격하면 나중에 저 개인 지도 좀 해줘요. 영어는 제가 좀 되니까 다른 과목들……."

재광은 진지했다. 하긴 진짜 합격하기만 한다면 그 노하우를 배워도 될 것 같았다. 50 넘은 나이에 8개월 만에 합격한다면 굉장한 사건이었다.

짜장면을 먹은 일동은 가게 앞에서 헤어졌다.

"면접장에서 보자고."

은돌이 마지막까지 남은 탁대에게 손을 흔들어주었다.

'그러면 좋죠.'

탁대는 그런 바람을 숨기지 않았다.

탁대가 집에 돌아왔을 때 주방에서는 돼지 앞다리 삶는 냄새가 진동을 했다.

"보쌈하세요?"

탁대가 가방을 놓으며 물었다.

"시험은?"

주방에 있던 마더가 물었다.

"결과는 모르지만 최선을 다했어요."

"그거면 됐다."

거실의 동환이 탁대를 바라보았다. 복장을 보니 막 등산을 마치고 들어온 모양이었다.

"그거면 되다뇨? 합격을 해야지."

"아, 그게 마음대로 돼? 애가 떨어지고 싶어서 떨어지는 것도 아니고."

"어휴, 지난번 시험 때만 생각하면……."

마더는 고기를 뒤집으며 진저리를 쳤다. 그건 탁대도 비슷했다. 다른 것도 아니고 설사라니. 그래서 시험을 못 보게 되다니.

"받아라. 그동안 고생했다."

보쌈이 준비되자 동환이 맥주잔을 내밀었다.

"이이는, 아주 살판났네. 합격한 것도 아닌데……."

"애 단백질 보충시킨다고 고기 사 온 사람이 누군데 그래. 당신도 그만 쟁쟁거리고 한 잔 받아."

"내가 무슨 쟁쟁거렸다고 그래요?"

"우리 탁대는… 해낼 거야. 애가 원래 대기만성형이잖아."

"난 대기만성 싫거든요. 기왕이면 척척 잘나가면 좀 좋아요."

마더가 잔을 내밀었다. 그 잔은 탁대가 채웠다.

"그래. 이번엔 기분이 어떠냐?"

"……."

동환의 질문은 받은 탁대는 잠시 망설였다.

기분은 괜찮다. 하지만 부모님은 이걸 어떻게 받아들일까? 그렇다고 짐작만 가지고 합격 운운할 수도 없었다. 어쩌면 시험 난이도가 쉬울 수도 있었다.

"발표 날 봐야죠, 뭐."

탁대는 그 말로 긴 말을 대신했다.

"사람은 많든?"

"뭐, 매번 100 대 1은 기본이잖아요."

"허얼! 진짜 문제다. 옛날에는 공무원 시험 별로 인기 없었는데……."

"요즘 대학이 넘치잖아요. 좋은 자리는 자꾸 없어지고 졸업자는 늘어나고… 그러니 그 많은 애들이 어디로 가겠어요."

술 한 잔 들어간 마더의 목소리가 높아졌다.

"그뿐이야. 신문, 방송 보면 40대, 50대도 공무원 시험 본다잖아? 저번에는 57세 먹은 양반이 합격했다는 기사도 나왔고."

"진짜 너무한다니까. 그런 사람들까지 덤비면 우리 탁대처럼 젊은 애들은 어쩌라고……."

마더가 탁대 편을 들었다. 언제부터였던가? 마더의 잔소리가 줄어들었다. 아마 집중의 기쁨을 느끼던 때였을 것이다.

진실이라는 거… 말없이도 통한다. 탁대가 다른 사람이 되자 마더가 바로 캐치한 모양이었다.

“기왕 시작한 거 끝을 봐라. 엄마하고 아빠는 다 네 편이야.”

동환이 빈 잔을 채워주며 말했다. 마더가 ‘맨날 말로만’ 이라며 눈을 흘겨 떴다.

두 병 정도 마신 탁대는 방으로 돌아왔다. 모처럼 편한 자리라 더 마실 수도 있었지만 배가 부르니 잠이 쏟아졌다. 며칠 새 긴장한 몸이 풀어진 것이다.

불을 끈 탁대는 이불을 당겼다. 순간 뭔가 섬뜩한 느낌이 등골을 타고 갔다. 마치 뒤에 누가 서 있는 것 같아 얼른 고개를 돌렸다. 아무도 없었다. 고개를 갸웃거린 탁대는 잠이 들었다. 동시에 탁대의 손가락에 끼워진 반지에서 검푸른 빛이 돌기 시작했다.

빛은 오직 RORBACH, 일곱 글자에서만 새어 나왔다.

* * *

추웠다. 그것도 그냥 추운 게 아니라 소름이 솔솔 돋을 정도로 추웠다. 뭔가 잘못되었나 싶은 탁대가 몸을 일으킬 때 주변이 암흑으로 변했다.

‘정전인가?’

탁대는 핸드폰을 집었다. 그걸 켜면 여명을 얻을 수 있다.

하지만 폰은 손이 닿는 순간에 수증기가 되어 사라졌다.

'왜 이래?'

놀란 탁대가 손을 떼자 수증기가 뱀처럼 속옷을 비집고 들어왔다. 그건 마치 서리의 사슬로 결박되는 느낌이었다. 등골이 오싹해지는 순간, 어디선가 폭음이 들렸다.

'대형 사고다!'

탁대는 직감했다. 그렇잖아도 이런저런 안전사고가 활개치는 대한민국. 이제까지 보았던 사고보다 더 큰 사고가 일어나지 말라는 법도 없었다. 탁대는 숨을 죽이고 시선을 들었다. 어둠이 가라앉더니 주변이 푸르게 밝아지기 시작했다.

'으헉!'

눈만 똘망거리던 탁대는 기겁을 했다. 허공이었다. 처음에는 박쥐인 줄 알았다. 박쥐는 아니었다.

'사람?'

검은 로브를 둘러쓴 사람 형태가 보였다. 두 팔을 편 그는 마치 십자가의 예수처럼 액체를 흘리고 있었다. 누구세요? 말을 했지만 목소리는 나오지 않았다.

탁대는 그에게 다가갔다. 걸음은 물 먹은 스폰지를 감은 듯 무거웠다. 검은 후드 안에 싸인 얼굴은 보이지 않았다. 하지만 눈동자만은 레이저처럼 빛나고 있었다.

탁대 발등에 툭 하고 액체가 떨어졌다. 천천히 그 액체를 바라보았다. 색깔이 없었다. 뭐지 하고 고개를 들자 허공의 존재가 퍽 하고 터져 버렸다. 그 물이 탁대를 적셨다. 끈끈한 액체가 싫었다. 그걸 한 번 훑어내자 액체는 피가 되었다. 한없이 붉은 피.

'으헉!'

놀란 탁대가 뒷걸음질을 쳤다. 하지만 움직이지 않았다. 탁대의 발은 뛰지만 늘 제자리인 것이다. 흘러내린 피들이 삼지창이 되어 바닥에서 튀어나왔다. 발등이 뚫리고 허벅지가 찢어졌다.

'안 돼.'

탁대를 필사적으로 움직였다. 이제 겨우 9급 공무원의 꿈을 이루려는 찰나였다. 그런데 이런 이상한 사고에 휘말려 산산조각이 나다니?

'안 돼!'

다시 소리치자 놀랍게도 아까 본 로브의 존재가 허공에 다시 나타났다. 그가 다가왔다. 하지만 엄청난 장애물이 탁대와 로브의 존재 사이에 떨어져 내렸다. 장애물에 박살난 로브를 쓴 존재는 다시 액체가 되어 흘러내렸다.

'롤배쉬?'

탁대는 보았다. 그 액체들이 글자 RORBACH를 이루는 것을. 탁대는 마지막 H에 손을 내밀었다. H는 화염이 되었다. 불꽃은 순식간에 커지더니 탁대를 삼키려 들었다.

"안 된다고!"

버럭 소리치는 순간 쿵 하는 소리가 났다.

"아야!"

꿈이었다. 어찌나 버둥거렸는지 침대에서 떨어진 모양이었다.

"무슨 일 있니?"

문밖에서 마더의 목소리가 들려왔다.

"아, 아뇨."

탁대는 얼른 대답했다. 세 살 먹은 어린이도 아니고 침대에서 떨어진 꼴을 보여주고 싶지는 않았다. 일어나 불을 켜고 물파스를 발랐다. 그런 다음에 손바닥을 바라보았다.

'헉!'

놀란 탁대가 움찔거렸다. 손에 H자가 남은 건 절대 아니었다. 탁대가 놀란 건 반지 때문이었다. 반지의 글자체가 꿈에서 본 글자체와 흡사했기 때문이다.

찜찜했지만 어쩔 수 없었다. 반지는 여전히 꼼짝도 하지 않았기 때문이다.

탁대는 이틀 후부터 중견기업 사내 도서관으로 알바를 나갔다. 그곳에 근무하는 선배에게 부탁을 받았기 때문이다. 탁대는 대학 시절 과 대표를 한 적이 있었다. 그때 안면을 터둔 선배였다.

공부는 합격자 발표가 나올 때까지 쉴 생각이었다. 가채점

결과도 괜찮았고 무엇보다 내년 공채 시즌까지 남은 날이 많았다.

"조딱대!"

도서관 앞에서 선배가 소리쳤다. 발음은 마음에 들지 않았다. 탁 자를 강조하면 어감이 영 아니었기 때문이었다.

"선배님."

"시험 잘 봤냐?"

"뭐, 그럭저럭……."

"이번에도 100 대 1이냐?"

"어떤 직종은 200 대 1도 있어요."

"그러고 보면 너도 참 대단하다. 그런 경쟁률에도 안 쫄고 꿋꿋하게 버티는 걸 보면."

"놀리지 마세요. 저도 죽겠다고요."

"진심이다. 실은 나도 몇 해 전에 한 번 봤었거든."

"진짜요?"

"사서직 났길래 봤는데 점수 충격이더라. 나름 열심히 했는데 평균 50점 대였어."

그 말은 두 가지로 위로가 되었다. 하나는 잘나가는 것 같은 선배도 별거 아니라는 것과 일종의 동질감 같은 거였다.

"대충하고 보셨으니까 그렇죠."

"어이구. 위로 안 해도 된다. 이리 와라."

선배는 커피를 내밀었다. 공짜였으므로 탁대는 넙죽 받아

마셨다.

“선배라고 봐주는 거 없다. 원래 사서가 힘 하나도 없는 거 알지?”

“물론이죠.”

“지하에 가면 미분류 책들이 있을 거야. 회장님 친구분이 암으로 죽으면서 기증한 건데 아주 어마어마하다.”

“얼마나 되는데요?”

“자그마치 5만 권.”

“5만 권?”

탁대는 벌어진 입을 다물지 못했다. 5만 권이면 웬만한 도서관을 차리고도 남을 양이었다.

“게다가 괴팍한 취미를 가진 분이라 온갖 잡동사니 책들이 다 섞여 있어. 솔직히 우리 도서관에 소장할 책은 절반도 안 될 거야.”

“나 혼자 하는 거예요?”

“그럴 리가? 다른 애들이 몇 명 올 건데 전부 비전공자들이야. 그러니까 네가 책임자다.”

“뭐, 알바비만 넉넉히 주신다면야.”

어차피 놀 생각 따위는 없었다. 편한 일이라면 누가 알바를 부를 것인가?

지하로 내려간 탁대는 엄청난 책의 바다에 놀랐다. 박스에서 대충 꺼내 쌓아둔 책은 그야말로 압도적이었다.

"일단 쓸 만한 고서는 따로 챙겼으니까 여기 책들은 책 상태별로 분류해서 하급은 폐기하고 중상급은 내용별로 가려서 차례차례 쌓아두면 돼."

선배가 작업 지침을 내렸다.

"한국십진분류법으로 해요?"

"오케이!"

선배는 그 말을 남기고 계단을 올라갔다.

탁대는 세 명의 남자와 인사를 나눈 후에 책을 분류하기 시작했다. 오래된 책들은 풀썩 풀썩 곰팡이를 쏟아냈다. 어떤 책들은 절반쯤 썩은 것도 있었다. 주인 잃은 책은 연인에게 버림받은 사람과 비슷하다. 금세 생기를 잃는다. 그리고 먼지가 쌓인다. 그런 다음에 서서히 썩어간다.

선배 말대로 주인의 기호는 독특해 보였다. 책의 주인 역시 기업가라는데 경제나 경영책은 많지 않았다. 상당수의 책은 '기'니 '단'이니 혹은 '주술', '무속' 같은 것이었다.

"이 사람 무당이었나?"

한 알바가 고개를 갸우뚱거렸다.

"정력도 대단했나 봐요."

다른 알바가 흔든 것은 나체만을 그린 명화집이었다. 뿐만 아니라 1970년대 미국의 조악한 섹스사진첩도 나왔다.

"크아, 옛날에는 이런 걸 보면서 대리만족을 느꼈구나?"

알바들은 고인의 치부를 그냥 넘기지 않았다.

"저기 미안한데요……."

탁대는 섹스사진첩을 빼어 더러운 책을 모으는 박스에 던져 버렸다. 인간은 누구나 감추고 싶은 일들이 있다. 남자에게 있어 바로 이런 경우가 꼽힐 것이다. 탁대는 이런 일이 처음이 아니다. 대학 시절 때도 종종 알바를 나갔다.

어떤 부잣집에서 책을 정리하던 때였다. 그 집 역시 책 주인이 사고로 죽자 아들이 책을 헐값에 넘겼다. 그걸 산 업자들은 그 안에서 돈이 될 만한 책을 찾아 나선다. 잘하면 로또를 맞을 수도 있었다. 그때 두툼한 서적 뒤에서 이런 섹스사진첩들이 무더기로 나왔다.

고인은 알고 있었을 것이다. 죽는 순간 생각했을 것이다. 그 사진첩을 없애야 한다고. 그걸 마누라나 자식들, 손자들이 본다면?

"앗, 뜨거!"

고인의 명예에 다소 흠이 될 일이었다. 물론 요즘은 그게 야동으로 변했다. 워낙 책읽기에 소홀한 현대인들이다 보니 섹스사진첩의 역할을 야동이 대신하고 있다.

만약 당신이 불의의 사고를 당해 황천길을 걷고 있을 때 당신을 우상으로 생각하던 딸이 전용 노트북이나 컴퓨터를 열다가 야동을 발견하면 어떨까? 만약 하나 정도라면 그나마 덜할 것이다.

또 달리 말하자면 대한민국 남자 중에 전용 컴퓨터에 야동이나 그 비슷한 거 하나쯤 없는 사람이 누가 있을까?

알바들은 탁대의 행동에서 탁대가 원하는 것을 묵시적으로 알았다. 잠시 어색함을 털어내고 작업에 몰두할 때 별안간 천장의 등이 일제히 꺼졌다.

"어, 왜 이러지?"

알바들이 웅성거렸다. 탁대 마음에 불길함이 느껴진 건 그때였다. 불이 꺼지자 어젯밤 꿈이 떠오른 것이다. 예감이 맞은 걸까? 와르르 하는 소리와 함께 알바의 비명이 울렸다.

"으앗!"

탁대가 먼저 핸드폰을 꺼내 들었다. 구석의 책이 무너져 있었다. 탁대는 다른 알바와 함께 책에 묻힌 알바를 꺼냈다. 그러자 그 옆의 책 무더기가 또 무너졌다. 이번에는 탁대가 깔리고 말았다.

그래도 다행인 것은 책의 양이 많지 않았던 것. 게다가 헌책들이라 모서리가 날카롭지 않아 다친 곳은 없었다. 책을 밀어내고 어깨를 뺄 때 전기가 들어왔다.

"다친 데들 없어요?"

먼지를 털며 탁대가 물었다.

"팔꿈치가 좀 까졌는데 괜찮아요."

맨 먼저 깔린 알바가 대답했다. 돌아보니 바닥은 엉망이었다.

"미안, 내가 관리실에 통보하는 걸 깜빡해서 거기서 전기를 잠시 내렸나 봐."

정전에 대한 이유는 선배가 알려주었다. 딱히 다친 것도 아니라서 그냥 넘어갈 수밖에 없었다.

점심시간, 살짝 기대를 했지만 선배는 탁대를 찾지 않았다. 부관장님과 약속이 있단다. 알바시켜 준 것만도 감지덕지라 알바들과 함께 밥을 시켜 먹었다.

오후가 되자 헌책 분류는 어느 정도 끝났다. 탁대는 맨 안쪽에 놓였던 묶음을 잘랐다. 20여 권의 책이 우르르 무너졌다. 척 봐도 상태가 나쁜 책들이었다. 게다가 우리나라 책도 아니었다.

"이런 건 외국 고서적 아닌가요?"

한 알바가 책을 넘기며 물었다. 탁대가 확인했더니 영국 쪽 책들이었다. 하지만 80년대 이후에 찍은 비소장용 책이라 고가는 아니었다.

"그냥 치우세요."

탁대는 푸짐하게 쌓인 책을 카트에 실었다. 다 실은 다음에 카터를 밀려 할 때 중간의 한 권이 삐져나와 떨어졌다. 탁대는 그 책을 집어 들었다. 곰팡이가 제대로 슬은 붉은 커버의 책이었다. 순간 이상한 일이 일어났다. 책을 잡은 반지에 붉은 빛이 감돈 것이다.

'뭐야?'

놀란 탁대가 반지를 바라보았다. 틀림없는 붉은 빛. 놀란 탁대가 책을 놓쳤다. 그러자 반지의 빛이 사라졌다. 탁대는 조심스레 다시 책을 집어 들었다. 책에서는 아예 썩은 내가 진동을 했다. 무슨 책인가 싶어 넘겨보니 발행년도도 표기되어 있지 않았다. 아마 개인이 사비로 찍은 책 같았다.

탁대는 한 장을 더 넘겼다.

For The last Alchemist Paracelsus.

푸른색 곰팡이 속에서 낡은 글자들이 와글거렸다. 사실 탁대는 글자를 읽을 생각이 없었다. 하지만 글자가 저절로 시각을 차고 들어왔다. The Alchemist. 연금술사. 신기하게도 책장이 저절로 넘어갔다. 연금술을 뜻하는 그림들이 투박하게 나타났다. 많은 마법 기호들도 보였다.

상관없었다. 탁대에게는 하나도 소용없는 것들이었다.

"뭐 하세요?"

알바 하나가 다가와 물었다. 탁대는 대답하지 못했다. 탁대의 눈에 꽂힌 일곱 알파벳 때문이었다.

RORBACH.

롤배쉬. 반지에 새겨진 알 수 없는 글자. 그것과 똑같은 단어가 책의 가운데서 반짝이고 있었다.

"롤배쉬?"

분류가 끝나고 사무실로 올라온 탁대가 묻자 선배가 고개를 들었다.

"혹시 아세요?"

"책 제목이야, 사람 이름이야?"

"그걸 모르겠어요."

"잠깐만!"

선배는 탁대가 불러준 알파벳 RORBACH를 컴퓨터로 검색했다. 몇 번 자판을 두드리지만 신통한 정보는 없는 눈치였다.

"책 타이틀이나 작가 이름은 아닌 거 같은데?"

"……."

"몰라?"

"네."

"그런데 왜 찾으려는 거야?"

"그냥……."

탁대는 말을 얼버무렸다. 왜 찾으려는 걸까? 그렇다고 짝 잃은 커플링을 들이대고 장황한 설명을 하거나 앞뒤도 안 맞는 이야기를 나열할 수는 없었다.

"혹시 주인공 이름일까?"

"그럴지도 모르겠어요. 폐기할 영문서적 중간에 나왔거

든요.”

탁대는 가방에서 헌책을 꺼내보였다.

“이 책은 정식 간행물이 아닌데…….”

“그렇죠?”

“오래 된 것 같긴 한데 조악하고… 그렇다고 당연히 구텐베르크 성경처럼 가치가 있는 것도 아니고…….”

구텐베르크…….

선배의 말을 듣자 옛날 생각이 스쳐 갔다.

구텐베르크 바이블.

이 책은 구텐베르크가 처음 금속활자로 찍은 인쇄본이다. 180권 정도 찍었다고 하는데 50여 권이 세계 각지에 흩어져 있다. 이 중 140여 권은 종이로 찍었고 나머지는 송아지 가죽으로 만든 독피지를 사용했다.

2단 42행의 고딕활자로 만들어졌는데 1987년 뉴욕에서 물경 539만 불에 낙찰된 기록이 있다.

도서관에 대해 공부한 사람이라면 구텐베르크의 바이블이 얼마나 위대한 책인지 알고 있다. 이 책이 있어야 세계 명품 도서관의 반열에 오르는 것이다.

‘이런 걸 어떻게 감히 구텐베르크 바이블과 비교를…….’

탁대는 엷은 미소를 삼켰다. 그야말로 있을 수 없는 일이었다.

“야, 관심 있으면 그냥 가져가서 심심할 때 번역해 봐라.

뭐 지명일 수도 있고 기구일 수도 있지 않겠냐? 아니면 연금술이나 마법 공식?"

"연금술 공식요?"

"보아하니 어떤 연금술 신봉자가 이것저것 잡동사니 자료를 모아 개인 사비로 찍은 책 같잖냐? 다른 건 몰라도 번역하다보면 영어 실력은 확 늘 거 아니냐? 아니지, 운 좋으면 연금술사들이 목 놓아 바라던 현자의 돌, 돌덩이를 황금으로 만드는 비법도 배울 수 있을지 아냐?"

"에이, 무슨 그런 일이……."

"가봐. 오늘 고생했다."

선배가 탁대의 어깨를 툭 쳐주었다.

지하의 책 분류는 3일 동안 계속되었다. 예정보다 일이 늦어졌기 때문이다. 일을 끝내고 알바비를 받아들었을 때 핸드폰이 울렸다. 스터디를 하던 종규였다.

"형, 웬만하면 호프 한 잔 때리러 오지?"

스터디들이 다시 뭉친 모양이었다. 하반기 공채가 없으니 내년 봄까지는 시간이 있었다. 이 공백기에는 공부가 잘되지 않는다. 게다가 아직 경기도 결과가 나오지 않았으니 책도 손에 안 잡힌다. 혹시 합격했을지도 모른다는 미련이 아른거리는 것이다.

'그동안 같이 공부한 정도 있고…….'

탁대는 호프집에 합류했다. 수애를 빼고 모두 나와 있었다.

"알바한다고?"

종규가 물었다.

"응, 잠깐……."

"공무원이 그런 거 해도 되나?"

옆에 있던 민준이 슬쩍 딴죽을 걸고 들어온다.

"안 될 건 뭔데?"

"내가 알기로는 공무원이 영리추구하면 안 된다고 들었는데. 이중 직업을 가져도 안 되고."

"야, 도서관 알바가 무슨 이중 직업이냐?"

"그래도 그런 거 뒤지면 다 나올 거 아냐?"

민준은 자기주장을 굽히지 않았다. 호프 테이블은 졸지에 겸직 금지와 영리추구 금지 의무 토론장이 되고 말았다. 공무원은 다른 직업을 가지면 안 된다. 전체적인 주장은 그쪽으로 쏠렸다.

맞는 말이다. 공무원은 이중 직업을 가질 수 없다. 업무 외에 다른 영리를 추구해서도 안 된다. 그런데 이 규정은 오해하는 사람들이 많다. 공무원이라고 꼭 영리를 추구할 수 없는 것은 아니다.

가장 비근한 예를 들면 '작가' 들이 있다. 공무원 재직 중에 신춘문예나 각종 문학공모전에 당선되는 사람들이 많으며 그들 역시 창작집을 출간한다. 그러면 인세를 받는다.

표면상으로 보면 명백한 이중 직업이다. 그리고 돈을 받았으니 영리를 추구했다. 하지만 이러한 순수창작은 이런 규정으로 옥죄이지 않는다.

또한 공무원 중에서도 그 분야의 전문가나 경험을 듣고자 하는 곳이 있다면 강연을 할 수도 있다. 강연비는 당연히 챙긴다. 이런 사람들은 연구 직종이나 전문직 직렬에 많다.

그럼 극단적인 예를 하나 들어보자. 한 공무원 작가가 소설을 냈는데 백만 권이 팔렸다.

'베스트셀러 작가.'

인세가 수십억 들어왔다. 그래도 영리추구가 아닐까? 아니다.

하지만 이런 경우에는 저촉될 수 있다. 책은 책이되 저속하고 음란한 책을 내서 돈을 벌었다. 이건 감사의 대상이 된다. 공무원의 품위유지에 저촉되기 때문이다.

그럼 퇴근 후에 카페에서 알바를 하는 건 어떨까? 이런 경우에는 두 가지로 나눠서 판단해야 한다. 우선 카페 주인이 고용신고를 하지 않고 돈을 지불하면 문제가 없다. 하지만 종업원으로 근로계약을 하고 근무를 하고 4대보험을 내면 규정 위반이다. 바로 이중 직업이 되는 것이다.

반대로 공무원 본인이 돈이 좀 되어서 카페 주인이 되는 건 어떨까? 이건 불가능하다.

카페 주인이 되려면 자영업 신고를 해야 하는데 이 역시 이중 직업에 속하게 된다. 그렇다고 당장 잘리거나 하지는 않는다. 감사과에서 실사에 나서면 업주명을 바꾸던가 인계하면 끝이다.

단, 가족 명의로 개설하고 퇴근 후에 가서 실질 주인으로 일하는 건 얼마든지 가능하다. 법이란 어디든 사각지대가 있는 것이다.

이 외에도 시골에 농작물을 심었다가 팔면 어떻게 되는가 등도 궁금해하는 사람들이 있다.

그런 부정기적인 일, 더구나 취미 정도에 해당되는 일은 영리가 뒤따라도 문제되지 않는다.

여기서 한 가지 주지할 일이 더 있다.

바로 평판과 소문.

위에서 예를 든 '카페를 가족 명의로 하고 실질적 주인으로 돈 벌기' 처럼 법의 맹점을 이용할 때도 주변 동료들을 조심해야 한다. 즉, 하더라도 주변 동료들이 모르게 하라는 것이다.

공무원의 규정 위반에 대한 칼은 주로 소속 부서장이나 감사과에서 빼들게 되어 있다.

그 발단은 언제나 '시기심' 이다.

공무원 집단은 말도 많고 탈도 많다. 남이 잘되는 걸 싫어하는 사람도 많다. 바로 그런 사람들이 언제나 당신의 뒤통수를 치고 다닌다.

감사과에 찌르거나 투서를 하는 것이다. 그러니 혹시 돈 되는 일을 하더라도 몰래 하고 다닐 것. 시기심은 결코 당신에게 관대하지 않다.

탁대네의 결론은 탁대가 내려주었다.

"미안하지만 공무원 시험에 합격해도 공무원이 아니라더라."

그 한마디로 논란은 종결되었다. 그건 절대 진리다.

공무원 수험생 여러분, 부디 명심하시라. 필기에 합격했다고 공무원이 된 건 아니다. 면접에 붙고 채용신체검사에 통과되어도 마찬가지다. 여러분이 정식 공무원이 되는 건 바로 임용장을 받고 기관에 발령을 받은 그날이다. 그때까지는 합격했든 안 했든 그냥 민간인에 불과하다.

바꾸어 말하면 임용되는 날까지는 불법이나 위법하지 않은 한 어떤 직업이든, 직장이든 가지고 돈을 벌어도 상관없다. 심지어는 유흥업소 일도 무방하다. 포인트는 불법만 아니면 되니까.

* * *

그날 밤, 로르바흐는 기대했었다. 혹시 조탁대와 꿈에서 정식으로 만날 수 있을까하고.

하지만 그런 일은 일어나지 않았다. 하긴 지난번에도 그랬다. 꿈속에서 처음으로 숙주와 대면했지만 인사를 나누지 못했다. 닿을 듯하면 멀어지고, 잡힐 듯하면 뭔가가 가로막았기 때문이었다.

괴이했다.

어째서 꿈을 지배할 수는 있는데 숙주와 인사를 나눌 수는 없단 말인가? 그것은 금지된 일인 것인가?

'어쨌든!'

로르바흐는 소박한 기쁨을 만끽했다. 마침내 숙주가 자신의 흔적을 찾아낸 것이다.

과거와 미래, 그 배열을 오가는 셀 수 없는 확률. 그 일이 벌어졌다.

하지만 어쩌면 그 일은 미리 예견된 일인지도 몰랐다. 그건 탁대가 문헌정보학을 전공한 것에서부터 비롯된다.

까마득한 과거에서 현재까지, 그리고 미래에도 이어질 인류의 위대한 발명품, 책. 그게 먼 과거와 현재를 가늘게 연결해 주었다. 어마어마한 확률을 뚫은 기적이었다.

그러나!

로르바흐는 기생 삶을 사는 허상의 존재에 불과했다. 어쩌면 Enterobius vermicularis, 일명 pin worm이라 불리는 요충이 부러운 신세. 그놈은 최소한 소장, 대장, 맹장을 오가고 숙주의 항문으로 기어내려가 알이라도 까지를 수 있다. 하지만 로르바흐는 숙주의 손에 잡히지 않는 꿈일 뿐이다.

일장춘몽!

로르바흐는 탁대의 국어교재에서 그 단어를 보았다. 대저 인간에게 있어 꿈만큼 허무한 일도 드물다. 꿈속의 일들은 손에 잡히지 않는다. 잡히지 않는 것은 허상이다. 허상은 그게 아무리 고귀한 것이라 해도 무의미했다.

'이 또한 패황이 의도한 징벌 중의 하나인가?'

로르바흐는 숙고했다. 어딘가 낯익은 냄새가 나는 탁대의 고물책. 미련이 강물에 비치는 윤슬처럼 파닥이지만 로브바흐는 침묵했다. 어차피 자신이 조종할 수 없는 숙주 조탁대. 그러니 공연히 그를 닦달하여 혼란에 빠뜨릴 생각은 없었다.

기생 관계도 꼭 나쁜 것만은 아니다. 숙주와 상호 윈윈하는 공생 관계도 있을 수 있다. 그러나 그것은 억지로 될 일은 아니었다.

'순리대로 지켜볼 수밖에.'

로르바흐는 쉬운 결론을 어렵게 내렸다.

그래도 아쉬움은 있었다. 숙주는 로르바흐를 롤배쉬로 알고 있다. 그건 잘못된 발음이다. 하긴 로르바흐의 이름이 보통 이름인가?

레오필리스 라파엘스트 리엔바수라 봄바스트 호펜하겐 알리안 로르바흐!

보통 사람이 정확히 입에 올릴 수 있는 이름이 아니었다.

*　　*　　*

해는 뜨지 않았다. 그렇다고 날씨가 빈둥빈둥 놀고먹는 건 아니었다. 새벽부터 비를 뿌리고 있었으니 말이다.

일찍 일어난 탁대는 창문을 열고 하늘을 보았다. 탁대는 숭고한 느낌이 드는 파란 하늘을 좋아했지만 그렇다고 딱히 비 오는 날이 싫지도 않았다.

딴에는 분위기 좀 낸다고 커피를 타 들고 아담한 마당으로 나왔다. 빗방울 사이에서 나뭇잎들이 파도타기를 즐기고 있었다.

한가롭지만 조금은 가벼운 아침이었다. 그건 직업이 없기 때문이었다.

시험은 끝났다. 내년까지는 다시 긴 레이스. 일단은 올해의 마지막 시험인 경기도의 결과를 기다려야 했다.

직장이 없다는 건 슬픈 일이다. 얼마나 슬픈 일이냐 하면 사지 멀쩡하고 튼튼한 젊은이들이 불면증에 걸리는 건 다반사고 심한 경우에는 우울증 같은 게 도져 병원 신세도 진다.

누가 그들을 이렇게 만들었을까? 일하고 싶다는데 마땅한 일자리가 없는 세상. 그런데 방송이나 뉴스를 보면 정부는 매년 엄청난 일자리를 만드는 것처럼 말하고 있다.

그 일자리는 다 어디로 간 걸까? 어쩌면 탁대만 쏙 비켜간 걸까?

아니다. 만약 그렇게 생각한다면 그는 틀림없이 자기 합리화로 무장한 철면피 정치인일 것이다. 탁대의 주변에는 백수가 너무나 많았다. 그러니 이건 우연히 작렬한 게 아니었다.

아침밥을 먹고 도서관으로 향했다. 당장 시험공부를 재개할 건 아니다. 그래도 일없이 있으니 무료한데다 사람이 시드는 느낌이 들었다.

시험 발표가 머지않았다. 아무렇지도 않은 척 하려해도 자꾸만 의식이 되었다. 알바도 마땅한 자리가 없었다. 그러니 책을 읽으며 시간을 죽이는 것도 나쁘지 않을 거 같았다.

날이 개이자 저만치 봉황 시청 건물이 깨끗하게 보였다. 탁대는 무심하게 도로를 건넜다. 그때 시청 앞에서 시위대의 구호 소리가 들려왔다.

"시장은 물러가라!"

"공약은 어디 갔냐? 시장은 자폭하라!"

탁대는 걸음을 멈췄다. 아줌마 아저씨, 심지어는 노인까지 가세한 시위대는 삼십여 명 남짓해 보였다. 다들 어깨띠에 피켓을 들고 청사 마당에서 목청을 높였다.

시위대를 이끄는 사람은 중년이었다. 그들 뒤에는 시위대의 청사 진입을 막기 위해 공무원들이 사슬을 이루고 있었다.

"시장은 물러가라!"

"물러가라, 물러가라!"

"공약은 어디 갔냐? 지역발전 보장하라."

"보장하라, 보장하라."

주동자가 선창하면 시위대가 따라했다. 동네 아줌마 아저씨들이라서 박자는 잘 맞지 않았다. 탁대가 피식 웃을 때 공무원들 틈바구니에서 윤아가 눈에 뜨였다.

'어, 저 사람?'

벌써 네 번째 보는 봉황시 공무원. 연약한 그녀는 잔뜩 긴장한 채 남자 공무원들 뒤에서 시위대를 지켜보고 있었다.

순간, 시위대가 공무원들에게 달려들었다. 공무원들은 낑낑거리며 시위대를 막았다. 뒷줄에 있던 윤아도 뚱보 아줌마에게 머리채를 잡혔다.

'저러면 공무집행 방해 아니야? 경찰은 왜 안 부르는 거야?'

자칭 예비공무원 탁대의 조바심이 팔딱팔딱 타들어갔다.

그래도 다행히 대치는 오래 가지 않았다. 안에서 고위직이 등장한 것이다.

'부시장인가?'

탁대는 시장 얼굴을 기억하고 있다. 그러니 최소한 시장은 아니었다. 그는 주동자를 만나 대화를 나누더니 몇 명의 대표를 데리고 청사로 들어갔다.

"시민들에게 음료 좀 내드려."

그의 지시가 떨어지자 공무원들은 금세 서빙 모드로 돌변했다. 시위대에게 음료를 제공하는 것이다.

'공무원들이 저런 것도 해야 하나?'

탁대는 고개를 갸웃거리며 발길을 돌렸다. 나중에 안 일이지만 지자체의 장들은 표를 의식해 여간한 경우가 아니면 경찰 투입을 꺼린다고 한다. 괜히 주민을 자극했다가 다음 번 선거에서 물을 먹으면 곤란하기 때문이다.

먼발치에서 돌아보다 윤아와 시선이 마주쳤다. 그녀의 어깨가 왠지 고단해 보였다.

도서관에 들어서는데 한 연인이 찰싹 달라붙어 계단을 내려왔다. 도서관에도 이런 커플은 널렸다. 자리도 나란히 앉는다. 더러는 둘이 격려하며 열공하는 커플도 있다.

윤아의 고단한 표정 때문이었을까? 자료실에서 빌린 소설책에서 초희가 걸어 나왔다.

'그녀…….'

애틋하다. 미움은 꽤 가셨다. 원망도 사라졌다. 따지고 보면 그녀 잘못은 없었다. 만약 탁대가 첫 시험에 합격했더라면, 아니 최소한 그 다음 해에만 합격했어도 그녀는 탁대를 떠나지 않았을지 모른다.

처음 노량진에 둥지를 틀었을 때, 초희는 도시락을 가져오기도 했었다. 맛은 없었다. 어떨 때는 나중에 먹는다고 미뤄뒀다가 버린 적도 있었다. 그래도 그녀가 고마웠다.

사랑은 움직인다. 누가 말했던가, 사랑의 유효기간은 3년이라고. 그러고 보면 초희의 유효기간은 어느 정도 적중했다.

'그렇게 따지면 어차피 떠날 사람이었군.'

탁대가 웃었다. 하지만 잃어버린 사랑도 사랑이다. 진행형과 조금 다른 형태를 취할 뿐이다. 그녀를 볼 수 없고 만날 수도 없지만 대신 다른 게 가능해졌다. 바로 추억…….

그녀를 포기하자 초희는 추억이 되었다. 추억이 원망을 밀어냈다. 추억 속에서 그녀는 늘 아름답고 고마운 존재였다.

책을 덮었다. 가만히 주변을 돌아보았다. 제각기 알록달록한 꿈을 꾸는 사람들이 공부를 하고 있다. 일부는 자는 사람도 있다.

'새우잠을 자도 고래꿈을 꾸길.'

어쩌면 다시 수험생이 될지도 모르지만 오늘만은 한가로이 지켜보고 싶었다. 도서관에서 커가는 청춘의 아름다운 꿈들을.

두 권의 소설을 뚝딱 해치운 탁대는 자리를 털고 일어섰다. 담담한 척하지만 살짝 조바심이 일었다. 그날이 저 앞에 있었다. 운명의 날. 바로 합격자 발표일!

홈페이지가 열렸다. 탁대는 떨리는 마음을 달래며 책상에 앉았다. 수험표를 꺼냈다. 시험 볼 때는 차라리 담담하더니 마음에 지진이라도 난 듯 심장이 갈비뼈를 거칠게 두드려

댔다.

그동안 몇 번의 좌절을 맛보았던가? 맨 처음 철없이 덤빈 시험 때는 뭣도 모르고 발표를 확인했었다. 오죽하면 마더와 동환까지 뒤에 세워두었을까?

그 뒤로는 언제나 은밀하게 확인했다. 어깨가 부서져라 긴장하고 두드린 엔터 키. 그건 마치 화성으로 가는 우주선의 발사 버튼만큼이나 비장한 몸짓이었다.

그때와는 사뭇 다른 느낌으로 나온 이번 시험. 그래도 이 순간만은 침착할 수 없었다. 탁대의 몸은 끊어지기 직전까지 당겨진 고무줄처럼 여유가 없었다.

천천히, 그러나 또박또박, 몇 번이고 확인하면서 수험번호를 입력했다. 손발가락은 다 오그라들고 머리카락 뿌리에는 진땀까지 맺혀 있다.

복숭아 진분홍 꽃잎이 지고 지던 밤… 그 옆에서 소리없이 지던 하얀 배꽃처럼 탁대의 머리는 비워져 갔다. 머릿속에서 많은 생각들이 한꺼번에 번개를 쳤다. 폐의 산소도 한꺼번에 빠져나가 버린 듯싶었다.

축포거나 치명적인 지뢰거나.

여기 두 개의 운명이 숨어 있다. 합격을 하면 천국이 열릴 것이오 불합격을 하면 지옥이 펼쳐질 것이다. 탁대는 전자를 꿈꿨다. 다른 때처럼 근자감도 아니었다. 그래서 더 떨렸다. 이번에도 불합격이라면 어떻게 다시 도전한단 말인가? 대체 얼마나 공부를 해야 한단 말인가?

'하지만 이미 결과는 나온 일.'

탁대는 텅 빈 머리에서 그 말을 꺼냈다. 주사위는 던져졌다. 그게 설령 루비콘 강을 건너는 일이라고 해도 바뀔 건 없었다. 탁대는 마침내 고사리처럼 웅크렸던 몸을 폈다.

탁!

엔터 키가 부서져라 힘차게 쳤다. 신호가 본체에 전달되는 소리가 들렸다. 영상 파동처럼 색색의 무늬가 아롱지며 달려간다. 그리고 이윽고 홈페이지 발표 파일에 닿는다. 화면이, 화면이 한순간 깜빡 넘어갔다.

그리고, 거기 탁대의 운명이 있었다.

"……!"

탁대는 순간적으로 화면을 보았다. 그리고 생각했다.

'합격이다!'

그랬다. 그 느낌은 그동안 보았던 화면과는 달랐다. 탁대는 곧 멈출 것 같은 심장을 달래며 눈을 부릅떴다.

축하합니다. 합격입니다!

아아! 누가 첫 키스 때 종소리가 들린다고 했었나? 누가 첫사랑 때 심장이 멈춘다고 했었나? 탁대는 알았다. 공시 4수생의 합격에는 그 두 가지가 동시에 나타나난다는 사실을.

'다시…….'

북받쳐 오르는 마음을 달래며 다시 한 번 확인을 했다. 오타가 났다. 또 났다. 손이 떨려 자판 위치가 제대로 잡히지 않았다. 수험번호 몇 자 입력하는 게 어마어마한 논문을 쓰는 듯 길게 느껴졌다.

톡!

이번에는 살짝 엔터 키를 눌렀다. 화면이 번쩍 뒤바뀌었다.

축하합니다. 합격입니다!

분명했다. 탁대는 손으로 화면을 더듬었다. 신기루가 아니다. 볼을 비틀어보았다. 미치도록 아팠다.

아아, 아아, 눈물…….

눈물이 주사기로 짜낸 듯 톡 하고 손등에 떨어졌다. 합격. 원서접수 기준으로 11전 12기만에 이룬 성과…….

"으아악!"

탁대는 동네가 떠나가라 비명을 질렀다. 마더와 동환이 달려왔다.

"또 불합격이냐?"

마더의 눈자위가 확 구겨지는 게 보였다.

"거 참."

동환도 덩달아 쓴 입맛을 다셨다.

"아버지, 엄마……."

"어휴, 아무래도 넌 공무원 팔자가 아닌가 보다."

마더의 한숨은 방바닥을 뚫고 지구 반대편으로 나갈 기세였다.

"그게 아니에요. 합격이라고요. 합격!"

"합격?"

"보세요, 합격이잖아요!"

탁대가 화면을 가리켰다. 마더와 동환은 사이좋게 고개를 디밀고 화면에서 반짝거리는 한 줄 문장에 매료되어 버렸다.

"탁대야!"

마더의 목소리는 콧구멍의 콧물과 함께 튀어나왔다.

"비켜 봐. 내가 다시 확인해 보게."

동환이 마더를 밀치고 의자에 앉았다.

"저리 가요. 그런 숨은그림찾기 타법으로 어느 세월에!"

마더가 동환을 밀어냈다. 그녀는 독수리 타법으로 수험표를 입력했다.

탁!

엔터 키의 소리가 청명하다. 화면은 변하지 않았다. 반짝거리는 것은 여전히 합격 축하 문구였다.

"아이고, 탁대야!"

"아, 이 자식! 나 닮아서 결국 해낼 줄 알았어."

"당신을 왜 닮아요? 언제는 돌머리라서 기능직도 힘들 거라더니."

탁대를 끌어안고 있던 마더가 재빨리 항변을 했다.

"내가 언제? 그 말은 당신이 했잖아?"

동환도 지지 않는다.

"두 분 다 고마워요. 그동안 저 지켜보느라 힘들었죠?"

"누가 그래? 난 네가 언젠간 해낼 줄 알았다. 암, 네가 누구 새낀데……."

눈물범벅이 된 마더가 탁대의 얼굴을 당겨 부비부비를 해주었다.

"축하한다."

겨우 정신을 차린 동환이 손을 내밀었다. 탁대는 모처럼, 당당하게 그 손을 잡았다. 이제야 비로소 아들의 도리를 다한 듯싶었다.

"가만 있어 봐. 내가 이럴 때가 아니지."

마더는 주방으로 달려가 콧물을 닦았다. 마더가 튼 수도꼭지에서도 박수 소리가 달려 나오는 것 같았다.

"이놈의 동서, 뭐? 우리 탁대는 진작에 글렀다고?"

콧물을 닦아낸 마더가 콧김을 뿜으며 전화를 걸었다.

"동서, 나야!"

목소리에 힘이 잔뜩 들어가 있다. 잘하면 부러질 기세다.

"오늘이 무슨 날인 줄 알아?"

지켜보는 탁대와 동환은 웃을 뿐이다.

"우리 탁대가 이번 경기도 공무원 시험에 합격했거든? 한턱 먹고 싶으면 당장 튀어와."

마더는 기세 좋게 전화를 끊었다.

"나 어땠어요?"

"아따, 우리 마누라 속 시원하네."

"그렇죠?"

"당연하지. 내가 동생 놈들이 탁대 나쁘게 말할 때마다 얼마나 속이 터졌는데……."

"그래도 당신은 약과예요. 동서는 얼마나 집요하게 빈정거린 줄 아세요? 맨날 지 딸 자랑만 늘어놓으면서… 내가 아주 빈정이 뒤틀려 속병까지 났다니까요."

"오늘 그거 시원하게 풀어버립시다. 돈은 내가 낼 테니까 상다리 부러지게 차려."

동환의 허락이 떨어지자 마더는 온갖 곳에 전화를 해서 술과 안주를 시켰다. 이렇게 좋아하는 모습은 탁대로서도 오랜만이었다.

'이렇게 좋아하시는 걸…….'

마더가 휘파람까지 불며 상을 준비하는 걸 보니 또 콧등이 시큰해 왔다. 가족이란 이렇다. 때로 마음을 아프게 하고 원망을 하다가도 뭔가 좋은 일이 생기면 씻은 듯이 잊어버리는 게 가족이었다.

"자, 9급 공무원님. 이 민초 시민 술 한 잔 받으시죠."

첫 번째 안주가 도착하자 동환이 소주를 내밀었다.

"아직 작은아버지하고 삼촌이 안 왔는데……."

"얘, 오늘은 네가 주인공이다. 어서 받아. 엄마도 행정직 공무원님 술 한 잔 따라 줘 보자."

마더까지 추임새를 넣으니 탁대는 더 거절할 명분이 없었다.

"자, 우리 탁대의 파죽지세 출세를 위하여 건배!"

"건배!"

동환의 건배사를 따라 마더가 소리쳤다. 탁대는 소주를 단숨에 비워냈다.

"이번에는 제가 두 분께 한 잔 올리겠습니다. 그동안 밀어주셔서 고맙습니다."

탁대는 숭고한 마음으로 잔을 올렸다. 최고였다. 이런 날이 오다니…….

"진짜 수고했다. 거봐라. 하니까 되잖냐?"

동환은 잔을 받아들고도 계속 고무되었다. 그때 작은아버지 부부와 동모가 들어섰다.

"탁대가 합격했다고요?"

동모가 먼저 물었다.

"도련님은 축하하러 오면서 빈손이에요?"

마더가 보란 듯이 핀잔을 날렸다.

"죄송합니다. 갑자기 달려오느라고……."

"하긴 뭐, 카드로 해결하면 되죠."

마더는 여전히 기세가 등등했다.

"축하한다. 조탁대!"

작은아버지가 탁대의 손을 잡았다. 동모는 탁대를 껴안고 마구 흔들며 기뻐했다.

"그래도 조씨 집안이 끈기는 있네. 결국 해내는 걸 보니……."

작은엄마의 목소리는 다소 애매하게 들렸다.

"말이라고 해? 우리 탁대가 알고 보면 끈기 있고 배짱도 있어서 한다고 하면 해낸다니까!"

그걸 놓칠 리 없는 마더였다. 그동안 쌓인 게 많은 마더는 특히 작은엄마의 코를 누르느라 바빴다.

"받아라. 축하주다."

본격적으로 안주가 도착하면서 제대로 술판이 벌어졌다.

"야, 너 내가 무지무지 사랑하는 거 알지?"

동모는 탁대의 머리에 헤드락을 걸고 알밤을 쥐어박았다.

"도련님, 거 민간인이 공무원에게 그렇게 해도 되는 거예요?"

마더의 목에 또 힘이 들어갔다.

"아이고, 죄송합니다. 이거 공무집행 방해죄로 잡아가는 거 아니죠?"

"아하하핫!"

동모의 너스레에 탁대네 거실은 웃음바다가 되었다.

"짜식, 이렇게 좋은 걸 진작 좀 합격하지."

동모가 탁대와 어깨를 겨루며 말했다. 어떤 말도 탁대의 귀에는 달콤하게 들렸다. 그동안 서운했던 감정도 말끔히 사라지고 없었다.

합격과 불합격의 차이. 단 한 글자 차이지만 둘의 세계는 완전히 달랐다.

"그럼 이제 시청으로 출근하는 거냐?"

동모가 물었다.

"당장 면접부터 봐야죠."

"공무원 면접은 형식적인 거 아닌가?"

"아니에요. 면접에서 떨어지는 사람도 많다더라고요."

듣고 있던 작은엄마가 끼어들었다.

"동서, 거 꼭 말을 해도……."

"어머, 기분 나쁘게 들렸으면 죄송해요."

마더의 반격에 화들짝 놀란 작은엄마가 고개를 숙였다.

"다른 것도 아니고 공무원 시험이야. 설마 면접에 장관 빽이다, 국회의원 빽이다 하는 거 쓰겠어?"

"그게… 방송 보면 자기 친인척 심으려고 부정으로다가……."

"동서!"

거기서 마더의 입이 핵폭탄을 작렬시켰다. 잡채를 물고 있다가 소리치는 바람에 그 파편이 고스란히 작은엄마 얼굴을 덮친 것이다. 그래도 작은엄마는 찍 소리도 못했다. 탁대도 고개를 숙이고 키득키득 웃음을 삼켰다.

"우리 탁대는 무조건 합격이야. 떨어뜨리면 내가 시장이고 도지사고 그냥 둘 줄 알아? 암!"

마더의 목소리는 대통령이라도 된 듯 매우 단호했다.

* * *

면접!

탁대는 새로운 고민에 휩싸였다. 그동안 한 번도 생각해 보지 않았던 일이었다. 필기 때는 공부할 과정이 명확했다. 무엇보다 합격이 우선이었으므로 면접까지 함께 공부할 수도 없었다.

'아, 지애가 있었지.'

탁대는 후배 지애를 떠올렸다. 얼마 전에 서울시에 합격한 지애. 그녀라면 면접에 많은 도움이 될 것 같았다.

"우와, 선배도 기어이 해냈구나?"

홍대 앞에서 만난 지애가 반색을 했다.

"야, 그래 봤자 난 봉황시잖아?"

"무슨 소리야? 어차피 지방직이기는 마찬가지인데."

"하긴 그렇네?"

"봉황시에서도 서울 올 수 있어. 근무 좀 하다가 전출 요청하면 가능하대."

"넌 벌써 거기까지 알아봤냐?"

"아우, 그나저나 나 임용대기번호 28번이야."

"대기번호?"

"우리 42명 뽑았잖아? 그러니까 내가 28등이라는 뜻이야."

"이게, 언제는 합격만 하면 좋겠다고 하더니……."

"나도 그런 줄 알았는데 막상 합격하니까 생각이 또 달라지잖아? 대기 순위 차례로 발령이 난다니까 기왕이면 1번이 좋지. 수석이니까 좋은 부서로 갈 수도 있을 테고……."

"어디 희망했냐?"

"집 가까운데."

커피전문점에 들어선 지애가 음료수를 입에 물며 말했다.

"아무튼 축하한다."

"선배도 축하해. 그런데 뭐 물어보려고?"

"뭐긴 뭐냐? 면접이지."

"면접?"

"뭐 물어보든? 그거 어떻게 준비해야 하는 거야?"

"말도 마. 솔직히 무지막지 쫄았는데, 막상 면접장 들어가니까 별것도 안 물어보는 거 있지? 나오고 나니까 그거 대답하려고 그렇게 고생했나 싶더라고."

"야, 서울시는 영어면접도 있다며?"

"그것도 그냥 중고등학교 회화실력으로 침착하게 대답하면 큰 문제없어. 걱정할 거 없더라고."

"너야 다 지났으니까 그렇게 말하는 거지."

"그런가?"

지애가 샐쭉 웃으며 말꼬리를 이었다.

"비법 알려주면 밥 사줄 거야?"

"그 정도야 문제없지."

"그럼 메모리해. 성실, 적극성, 인성."

"성실, 적극성, 인성?"

"그러니까 성실한 자세와 태도로 좋은 인성을 피력하고 적극적인 자세를 보일 것."

"그게 다냐?"

"응!"

지애는 간단하게 고개를 끄덕였다. 해본 사람과 안 해본 사람의 차이였다.

"복장은? 다 정장이냐?"

"NO!"

"정장 아닌 사람도 있어? 떨어지는 거 아니야?"

"절대 그렇지 않아. 나랑 같이 면접 본 동기들 중에 정장 안 입은 사람들 많았는데 다 붙었더라. 알고 보니 공무원 면접 복장에서 포인트는 '단정함' 이래."

"단정함?"

"솔직히 내 앞 사람은 면바지에 면티 입고 거기에 마이 상의 걸쳤는데 아무도 문제 삼지 않았어. 그 사람 역시 합격했고."

"오!"

"면접규정은 알지?"

"보통 세 명이 보고 우수, 보통, 미흡으로 평가한다는 것 정도는 알지."

"그중에서 우수는 무조건 합격, 보통은 필기성적 순으로 합격이야. 가장 문제가 되는 건 미흡. 이걸 받으면 필기성적이 수석이라도 불합격된대."

"야, 살 떨리는 소리 좀 그만해라."

"그런데 실제로 면접장에서 똘아이 짓 하거나 저능아 짓 하지 않는 한 미흡은 거의 안 나온대. 왠 줄 알아?"

"왜?"

"면접관들이 대부분 사무관급 이상 공무원이 많은데, 어렵게 필기 붙은 사람들에게 미흡을 줘서 떨어뜨리는 악역을 원치 않는다더라. 그래서 웬만하면 다 보통을 주게 되니까 결국 필기성적대로 가는 거지."

"흐음, 그러니까 바보짓만 안 하면 필기가 중요하다?"

"빙고!"

"그럼 반대로 커트라인 동점에 걸렸거나 필기 꼴찌라면 면접을 잘 봐서 우수를 받아야겠네? 그래야 무조건 합격이니까."

"맞아. 그건 필기합격자 숫자를 보면 알아. 20명 채용인데 면접에 24명이 왔다면 보통 4명이 커트라인에 좌라락 걸린 거지."

"아, 씨……! 결국 면접을 잘 봐야 한다는 거잖아?"

"선배, 내가 볼 때 선배는 면접 문제없어. 과대표해서 말 잘하지, 의리 있지, 인상 좋아서 성실해 보이지… 미친 짓만 안 하면 바로 합격이야."

"말이라도 땡큐다."

"그럼 밥 쏘러 가시죠."

지애가 가방을 챙겨 들고 일어섰다. 경험자와 미경험자는 이렇게 다르다. 지애에게는 아무것도 아닌 것 같은 면접. 그러다 탁대에게는 부담이 되는 것이다.

공무원 면접은 확실히 민간기업과 다르다. 면접은 다섯 가지 평정요소에 의거해 채점하게 된다.

1. 공무원으로서의 자세.
2. 전문 지식과 그 응용 능력.
3. 의사 표현의 정확성과 논리성.
4. 예의, 품행 및 성실성.

5. 창의력, 의지력, 발전 가능성.

면접관은 보통 세 명이 나선다. 이들 중 두 명이 5개 항목 모두를 상으로 평정하면 우수가 되고 2개 항목 이상을 하로 매기거나 어떤 항목에 대해 함께 하로 평정하면 미흡이 된다. 나머지의 경우에는 보통이 된다.

미흡으로 탈락한 경우에도 구제될 가능성은 있다. 만약 어떤 합격자가 다른 이유로 임용 포기를 하게 되면 이 미흡자 중에서 성적순으로 구제가 된다.

실제 면접관들은 인성과 성실성, 예의, 태도 등을 중시한다. 묻는 질문도 많지 않다. 서울시에 묻는 면접 질문은 대개 공직관, 공무원 지원 동기, 공무원으로서의 자세, 대민서비스에 대한 견해, 기타 현재 큰 이슈가 되고 있거나 시정 역점사업들에 대한 견해를 묻는 경우가 많다.

이러한 답들은 정답이 없다. 따라서 지나치게 편향되지 않는 마인드를 기준으로 자기 생각을 침착하게 말하면 보통은 보장된다. 지방 또한 큰 맥락은 별로 다르지 않다.

한마디로 정리하면 자신감을 가지고 간결하고 정확한 목소리로 답변하는 것이 포인트다. 다만 자신감이 지나쳐 오만으로 보이는 건 삼갈 일이다.

"필, 합격!"

이른 저녁 식사를 마친 후에 지애가 합격을 기원해 주었다.

면접에 대한 방향을 잡고 나니 다소 위안이 되었다. 지애는 이제 임용만을 기다리고 있다. 다음 주에는 홍콩 여행을 간단다. 부러웠다. 뭐든 앞서가는 사람은 뒤통수가 존경스러운 법이다.

지애를 보내고 지하철로 향할 때 전화기가 울렸다.

"여보세요?"

탁대는 소음을 피해 귀를 기울였다. 알바를 시켜주었던 선배였다.

"웬일이세요?"

—통화 가능하냐?

"물론이죠."

—그거 찾았다.

"뭐요?"

—레오필리스 라파엘스트 리엔바수라 봄바스트 호펜하겐 알리안 로르바흐!

"예?"

느닷없는 외계어에 놀란 탁대가 미간을 구기며 물었다.

—네가 궁금해하던 단어 말이야. 알오알비에이씨에이치.

"그게 뭔데요?"

지난번 질문했던 걸 까맣게 잊은 탁대…….

—네가 물었잖아? 지하실에서 주운 빨간 책에서 봤다는 단어.

"아, 롤배쉬?"

—롤배쉬가 아니고 로르바흐다.

'로르바흐?'

—정확히 말하면… 레오필리스 라파엘스트 리엔바수라 봄바스트 호펜하겐 알리안 로르바흐야. 아, 이름 한 번 더럽게 기네.

"그게 이름이에요?"

—그래. 그것도 10세기경 전설 속에 회자되는 대마법사란다.

"대마법사요?"

—그냥 전설이야. 나도 궁금해서 자료 뒤지다가 중세 연금술 자료모음집 사이에 낀 종이에서 찾았는데, 그대로 카피해서 네 이메일에 쏴놨으니까 그렇게 알아.

"고맙습니다."

—됐고, 공무원 시험 다 끝나면 한 번 와라. 맥주 한잔 사줄게.

"네!"

전화가 끊겼다. 하지만 탁대는 핸드폰을 귀에서 떼지 못했다.

'마법사라고? 그리고 이름이 뭐?'

서울에서 부산까지 늘여도 될 만큼 긴 이름. 선배의 말은 하나도 생각나지 않았다.

'로르바흐?'

궁금증을 참지 못한 탁대는 스마트폰에서 이메일을 열었다.

레오필리스 라파엘스트 리엔바수라 봄바스트라 호펜하겐 알리안 로르바흐.

자그마치 서른한 글자나 되는 이름이라니… 어마어마했다. 이 사람은 자기 이름을 제대로 외우고 다닐까? 하지만 탁대의 눈은 바로 반지로 옮겨갔다.

'그런데 왜 그 사람 이름이 느닷없이 내 반지에?'

로르바흐, 로르바흐, 로르바흐…….

탁대의 입에서 낯선 이름이 세 번 쳇바퀴를 돌았다.

*   *   *

봉황시의 축제들에 대해 알고 있나요?

"네, 우리 봉황시에는 봄, 가을에 지역축제가 열립니다. 봄에는 토마토 축제와 참붕어 축제가 있고 가을에는……."

탁대는 혼자 거울을 보며 예상 질문지의 답을 열심히 훈련했다.

왜 공무원이 되려고 하나요?

"공무원에 대한 이미지 때문입니다. 요즘 걸핏하면 부패나 뇌물 공무원이 이슈가 되지만 저는 한 친절한 공무원을 만난 기억을 갖고 있습니다. 그분 덕분에 공무원에 대한 이미지를 바꾼 것처럼 제가 성실한 공무원이 되어 공무원의 이미지를 변화시키는 밀알이 되고 싶습니다."

우리 시의 행정서비스가 나아갈 바에 대해 어떻게 생각하나요?

"봉황시는 수려한 대자연을 기반으로 발전하는 도시입니다. 앞으로 노령화 사회에 대비하여 실버타운 건립을 특성화하거나 서울 시민을 타깃으로 하는 휴양림 등을 조성하면 시의 발전에 도움이 되리라 봅니다."

'이건 너무 약한가?'

한참 연습을 하던 탁대는 모범답안을 약간 수정했다. 그때 마더가 과일을 들고 들어왔다.

"얘, 먹고 해라."

"땡큐입니다."

"내가 대신 물어줄까?"

"에이, 쑥스럽게……."

"뭐가 쑥스러워? 그래야 실감나고 좋지."

"그건 오버하시는 겁니다."

"학원 같은 데 안 다녀도 되겠어?"

"학원비 줄 거야?"

"당연하지. 내가 돈 없으면 대출이라도 받아다 주마."

마더의 태도는 합격 전과 합격 후가 완전히 달라져 있었다. 지금은 눈만 봐도 알 수 있다. 아이고, 귀여운 우리 새끼. 엄마가 뭐든지 다 해줄게. 말만 해라.

갑자기 라푼젤이 떠올랐다.

'성 아래는 위험해. 그러니 넌 얌전히 여기 있어. 나머지는 내가 다 해줄게.'

라푼젤에 나오는 마녀 엄마의 말이다. 탁대가 중학교 때 그 말이 친구들 사이에 유행을 했다. 소위 엄친아가 탁대 반에 있었기 때문이었다.

그때 탁대 엄마도 그 절반은 되었었다. 넌 공부나 해. 다른 건 다 엄마가 할 테니까. 그때는 몰랐지만 공시족 시절에는 그리운 말이었다. 어쨌든 부모님의 사랑이 오롯이 담긴 말이니까.

"지금 마더가 하실 일은 나가주시는 일입니다."

탁대는 마더의 등을 밀어냈다. 봉황시에는 공무원 학원이 없었다. 면접 하나 듣자고 서울까지 다니는 것도 우스웠다. 게다가 이런저런 말을 종합해 보니 면접은 굳이 학원에 다닐 필요가 없는 것 같았다.

'야, 면접. 나 인간 조탁대야. 별것도 아닌 게 까불지 말라고.'

탁대는 자기 최면을 걸었다. 산전수전 다 겪은 마당에 면접에 쫄고 싶지는 않았다.

봉황시의 시정목표는?

“봉황시의 시정목표는 세 가지입니다. 첫째, 지역경제 활성화로 생동하는 봉황시 만들기. 둘째, 일등 환경으로 가는 일등 청정도시. 셋째, 희망이 가득한 보편적 복지누림.”

여기까지 마치니 자정이 가까웠다. 책상에 앉은 탁대는 질문 사항을 더 늘렸다. 처음에 만든 항목에서 세 배나 불어났다. 그래도 부족한 느낌이 들었다.

항목 추가를 마치니 아까 출력한 이메일이 눈에 들어왔다.

레오필리스 라파엘스트 리엔바수라 봄바스트 호펜하겐 알리안 로르바흐.

간단히 줄여서 로르바흐. 그렇지 않고 풀네임을 부르자면 한나절은 소비될 것 같았다.

로르바흐는 마법사였다. 자료에는 10세기에 등장한 신에 필적할 만한 마법을 이룬 인물로 묘사되고 있었다. 하지만 그건 역사가 아니라 전설이나 신화의 한 귀퉁이에서 나온 말이었다.

전설에 따르면 로르바흐는 어느 날 자취를 감췄다고 한다. 그 시대의 사람들은 그가 신이 되어 하늘로 갔다고 믿었다. 서양인들은 이런 신화를 좋아하는 모양이다. 신의 능력을 가진 마법사로도 모자라 아예 신이 되어 하늘로 갔다니? 그렇다면 지금 인간의 운명을 관장하는 게 그란 말인가?

그런데 왜 그 사람의 이름이 탁대의 유효기간 끝난 '커플링' 에 새겨져 있는 걸까?

'혹시 하늘이 아니라 이 반지에 들어간 거 아니야? 램프의 거인 지니처럼?'

탁대는 반지를 쓰다듬어 보았다. 뭐 어쩌고 로르바흐는 나오지 않았다.

'어쨌든 그런 사람이 있다면 한 번 만나보고 싶다.'

고단함을 느낀 탁대가 침대에 누웠다. 그리고 아무 생각 없이 읊조린 탁대의 소원은 그날 밤에 이루어지고 말았다.

5장

대마법사 로르바흐

조탁대!

로르바흐!

집주인과 세입자는 수평의 끝에서 마주섰다. 위태로운 한 세계가 붕괴해 내리는 지점, 그곳에 로르바흐가 있었다.

탁대는 그를 보고서야 비로소 자신이 대지 위에 떠 있다는 걸 알았다.

세상은 괴이한 황혼빛이었다. 천 갈래의 색깔이 똬리를 틀며 날아오른 모습은 어떤 그래픽으로도 설명할 수 없었다.

그 앞에 로르바흐가 보였다.

'전체이자 일부…….'

생각하지 않아도 생각되었다. 로르바흐는 황혼의 일부이자 전체였다. 그러다 문득 세상이 참을 수 없는 한 줄기 흰빛으로 변했다. 캄캄한 우물에 던져진 환한 끈 같은 빛줄기가 공간을 휘돌았다. 그 빛이 로르바흐를 휘감을 때 그가 손가락을 내밀었다.

천지창조!

미켈란젤로의 천지창조에 나오는 사람들처럼.

탁대도 손가락을 내밀었다. 마침내 로르바흐와 탁대의 검지가 닿았다. 그러자 로르바흐의 모습이 스포트라이트를 받은 양 고스란히 드러났다.

"아!"

탁대는 숨골이 내려앉을 듯한 탄식을 쏟았다. 탄탄한 턱선에 태양같은 안광, 부드럽게 소용돌이치는 수염과 매끈한 콧날. 그러면서도 텅 빈 듯한 그의 눈동자는 탁대의 시선을 붙들고 놓아주지 않았다.

"왔군."

로르바흐의 목소리는 공명으로 들렸다.

"누구시죠?"

탁대가 한 발 물러서 물었다. 하지만 의지뿐, 몸은 움직이지 않았다.

"그대의 기생체."

"기생체?"

"동시에 라도혼 마법공국의 대마법사 레오필리스 라파엘스트 리엔바수라 봄바스트 호펜하겐 알리안 로르바흐. 줄여서 간단히 로르바흐."

"당신이 로르바흐?"

"오늘에야 비로소 왜 숙주와 나의 만남이 금지되어 있었는지 알았도다."

"……."

"이름!"

"이름?"

"오늘 그대가 비로소 내 이름을 세 번 불렀도다. 그리하여 내 기생 삶이 하나의 의미가 되었구나."

"무슨 말씀인지……."

"나의 간절함은 그대의 꿈속에서 부질없는 키를 키워갔다. 날마다 쌓아도, 날마다 부서지는 저 바닷가의 모래성처럼……."

"대체……."

"과연 숙주와 기생체의 운명이로다. 오늘에야 이 운명의 주인이 누구 것인지 알았구나. 내 아무리 대마법의 성취를 이뤘다고 하나 기생 삶의 주인은 그 숙주에게 달렸음임을."

"로르바흐……."

"로르바흐. 라도혼 마법공국의 유일한 대마법사. 그것은 내 이름이 분명할진대."

대답하는 로르바흐의 로브가 아련한 빛을 튕겨냈다.

"꿈이로군요. 낮에 이상하게 긴 이름을 본 것 때문인가 봐요."

"그렇다. 명백히 꿈이로다."

"신기하네요. 그래도 이렇게 만나게 되다니?"

"우리는 이미 오래 전에 만났음에라."

'오래 전?'

"그대의 반지를 보아라."

로르바흐의 아련한 음성을 따라 탁대가 고개를 숙였다. 반지에서 로르바흐를 닮은 빛이 새어 나오고 있었다.

"기억하느냐? 그대가 아홉 번째 낙방하고 아홉 번째 캔 맥주를 마시던 날을?"

"그걸 어떻게 알죠?"

"그 지난한 확률에 내가 섰음에라. 우연이자 필연이 되어버린 그 나인 크로스……."

"나인 크로스?"

"9월 9일. 밤 9시 9분 9초. 그리고 9급 공무원 시험에 9번 떨어진 그대가 9자가 들어간 편의점에서 9번째 술을 마시던 밤……."

"……."

"그 찰나의 순간에 내가 그대의 기생체가 되었음에라."

"아, 지금 무슨 소설을 쓰고 있는 거예요? 그때 그 한 모금이 미치도록 뜨겁긴 했지만…….”

“뜨겁기만 했으랴? 그대의 반지에 내 흔적을 남긴 것을.”

“에? 그럼 이게 당신 흔적?”

“로르바흐. 틀림이 없지 않으냐? 그대는 비록 롤배쉬라고 읽었지만…….”

“그러니까 뭐예요? 그때 당신이 내 몸으로 들어왔다는 건가요?”

“정확히 말하면 그대의 꿈속. 슬프게도…….”

“진짜 지금 무슨 영화 찍나? 말이 되는 소리를 해야죠.”

“어찌 쉬이 믿으랴? 나 또한 그대가 내 숙주라는 사실을 쉽게 받아들이지 못했다.”

거기까지 말하고 숨을 고른 로르바흐가 다시 설명을 풀어놓았다.

“하지만 돌아보라. 그날 이후 그대에게 생긴 변화를. 불덩이를 만들 수 있었고, 꿈에서 미녀를 수도 없이 안았으며 깨어날 시간이 되면 반지가 저절로 뜨거워졌음이랴.”

“그건 맞는 거 같은데…….”

“그런 일이 그 아홉 번째 맥주를 마시기 전에도 있었느냐?”

“그건…….”

아니었다.

“그러니까 당신이 내 몸에 들어와서 그걸 그렇게 만들었다는 건가요?"

"나는 화염 마법의 대가. 그러니 비록 드래곤에게 죄를 받는 몸이라 한들 그 본능적 능력까지 송두리째 지워지진 않았다. 나아가 미녀는… 말하기 뭣하다만 그대를 위한 선물이었다. 스트레스를 격파하고 학문에 매진해 9급 공채에 합격하라는……."

"내가 합격하든 말든 당신이 무슨 상관인데요?"

"그대는 나의 숙주. 숙주가 잘되는 일은 기생체의 영광이로다. 둘은 둘이자 하나인 것이니."

"누구 마음대로 그렇게 말해요. 내가 왜 당신하고 하나예요? 여자도 아니고."

"나도 그대가 미녀였다면 나쁘지는 않았겠지."

"어이상실."

"아무튼 이제 한숨을 돌렸도다. 그대를 만날 수 있으니 홀로 애를 태우지는 않아도 될 일……."

"만나긴 뭘 만나요? 이건 꿈인데……."

"말하지 않았더냐? 나는 그대의 꿈속에서 기생 삶을 살고 있다고."

"대마법사라면서요?"

"한때는 그랬다만……."

"그럼 못하는 것도 없겠네요?"

"그 또한 그랬지."

"그럼 면접 문제나 좀 선몽해 줘요. 어려운 일도 아니겠네요."

"연구해 보겠노라."

"연구는 무슨 연구? 며칠 남지도 않았는데……."

"그것은 일도 아니었으나 그대의 꿈속에서는 천지창조만큼이나 큰 일이 되어버렸음이랴. 나는… 그대를 깨우는 것만으로 의지 붕괴 직전까지 간 적도 있었도다."

"나를 깨워요?"

"반지의 열… 그 또한 나의 마법……."

로르바흐는 뒷말을 흐렸다.

"그건 그렇다고 쳐도 핑계 좋네요. 대마법사 능력에 남의 손가락 지지는 게 무슨 큰일이라고……."

"면접은 이제 그대의 힘으로도 헤쳐 갈 수 있을 것이다."

"어련하겠어요."

"그대가 돌아갈 시간이로다. 다시 나를 보고 싶으면 잠들기 전에 로르바흐라고 세 번 부르면 될 것이다."

로르바흐는 그 말을 남기고 아련하게 흩어지기 시작했다.

"이, 이봐요."

탁대는 손을 뻗었다. 그러자 공간이 붕괴되기 시작했다. 흰 줄기의 빛이 거꾸로 치솟더니 아까 와는 역순으로 빛의 소용돌이가 몰아쳤다.

"으악!"

그 빛이 탁대에게 달려들 때 꿈에서 깨어났다.

'꿈이야?'

너무나 선명한 느낌이 믿기지 않아 창밖을 보았다. 해는 벌써 세상을 뜨끈하게 쓰다듬고 있었다.

'로르바흐?'

반지를 만지는 탁대 손이 떨렸다. 분명 개꿈이겠지만 완전히 부정할 수만도 없었다. 그건 반지가 입증하고 있었다. 민짜로 맞춰 낀 커플링. 그런데 귀신이 곡을 하게도 그날, 낯선 문자가 새겨졌다.

미녀가 어쩌고 하는 건 무시한다고 해도 불덩이와 반지의 열전도는 명백한 사실이었다. 그것도 한두 번이 아닌…….

'그러니까 마음에 간절함을 담고 확 뿌리면?'

펑!

'으악!'

불덩이가 생겼던 기억을 더듬어 손을 뻗은 탁대는 기겁을 했다. 또다시 진짜 불덩이가 튀어나온 것이다. 불은 커튼 위에서 춤을 췄다. 탁대는 커튼을 벗겨내 발로 이기고 뭉개 불길을 잡았다.

'이거 진짜잖아?'

손바닥의 느낌도 뜨끈했다. 갑자기 무서운 생각이 들어 욕실로 뛰었다. 하지만 어쩐지 다리가 풀리며 허우적거리는 탁대. 겨우 물을 틀고 30분 가까이 손을 담궜다.

'역시 반지에 귀신이?'

다시 빼보려고 하지만 반지는 끄떡도 하지 않았다. 정말 미스터리였다. 척 보기엔 그냥 빠질 거 같은데 빼려고 하면 마치 지구의 모든 장력이 거기로 몰린 것만 같았다. 혼란스러운 마음을 달랠 때 마더의 비명이 꼬리를 이었다.

"불이야!"

'불?'

놀란 탁대가 뛰어나왔다. 연기는 탁대 방에서 나오고 있었다. 커튼이었다. 급한 마음에 제대로 끄지 않아 불이 다시 생긴 모양이었다.

"어휴, 놀래라. 공무원 되실 우리 아들, 사고 나는 줄 알고 식겁을 했네."

마더와 동환이 놀란 가슴을 쓸어내렸다.

화기가 다 빠져나간 방 안에서 탁대는 붉은 표지의 책을 바라보았다. 그리고 반지로 시선을 돌렸다. 악몽이다. 나쁜 꿈을 꾸면 일진이 사납다더니.

'오늘은 조심해야겠네.'

탁대는 빨간 책 옆에 있는 면접예상문항을 집어 들었다.

오후 들어 마더가 탁대의 손을 잡아끌었다. 그녀는 탁대를 봉황시에서 가장 큰 쇼핑센터로 데리고 갔다.

"쇼핑할 거면 아빠 차 쉬는 날 오지 그래요?"

매장에 들어서던 탁대가 말했다.

"쇼핑은 쇼핑이지."

마더의 목소리는 여유에 넘친다. 마더는 탁대를 끌고 신사복 매장으로 데려갔다.

"우리 아들인데요, 이번에 공무원 시험에 합격했거든요. 면접 보러 갈 멋진 양복 한 번 보여주세요."

마더가 목을 빳빳이 세우고 말했다.

"엄마!"

"얘, 아무 소리 말고 사. 중요한 면접인데 신상으로 입고 가야 예쁘게 보이지."

"에이, 공무원 면접은 수수하게 입고 가도 된대요."

"무슨 소리야? 우리 아들인데 최고로 멋지게 보여야지. 시장님이 빽가게 말이야."

"시장님이 거기 왜 와?"

"잔소리 말고 사."

마더는 단호하게 탁대의 등을 밀었다. 마더의 기세에 사기가 오른 여점원이 말쑥한 양복을 내밀었다.

"요즘 최고로 잘나가는 모델이에요. 대학생들 입사 때도 많이 입고요."

"아이고, 우리 아들! 아직도 아이돌 같네."

마더는 뭘 가져다 대도 칭찬부터 쏟아냈다. 탁대는 탈의실로 들어가 옷을 갈아입었다.

'죽이는데?'

한동안 잊고 있었던 말이 튀어나왔다. 전신 거울 앞에 떡하니 버티고 선 허우대 멀쩡한 인간은 제법 봐줄 만하게 보였다.

"이거 입고 면접 보면 덜커덕 합격하겠죠?"

탁대를 앞뒤로 살핀 마더가 점원에게 물었다.

"저라면 수석 합격시키겠어요. 포스가 줄줄 흐르잖아요?"

노련한 점원은 마더와 죽이 척척 맞았다.

"포스?"

"아, 멋지다는 말이에요."

마더가 못 알아듣자 점원이 융통성 있게 얼버무렸다.

"이걸로 주세요. 셔츠하고 넥타이도 같이요."

"네. 깔맞춤 해드릴게요."

"깔맞춤이요?"

"코디 말이에요. 요즘은 토탈 패션이라 전체적인 조화가 중요하거든요."

"아, 그 깔맞춤?"

마더도 제법 융통성 있게 받아넘긴다.

"엄마, 넥타이는 있잖아?"

지켜보던 탁대가 끼어들었다.

"얘, 그건 대학 졸업 때 매던 구닥다리잖아? 그때가 언제인데?"

"쳇, 작년 겨울에 친척 결혼식 갈 때는 그게 뭐 어떠냐고 하더니……."

"아드님이 공무원 시험에 합격하셨어요?"

괜히 한 번 볼멘소리를 내는 탁대 옆에서 점원이 꾀꼬리 소리로 아양을 떨었다.

"그럼요. 우리 아들이 여기 봉황시 공무원 시험에 합격했거든요. 그러니까 사장님도 잘 보이세요."

"어머, 요즘 공무원 되기가 하늘에 별 따기라던데. 축하드려요."

"얼마나 어려운데요. 이건 옛날 사법고시 있죠? 그 수준이라니까요."

마더의 허풍이 무한 오버 모드로 들어가자 탁대가 그 손을 당겼다.

"얘는… 자랑할 만하니까 하는 건데 어때서 그래?"

"그래도 어느 정도지."

"우리 둘이 맛있는 거 사먹을까?"

인도를 걷던 마더가 탁대의 팔짱을 끼며 물었다.

"원하신다면, 콜!"

탁대는 콜을 거절하지 않았다. 3년 내내 마더에게 좌절과 패배감만 안겨줬던 아들이었다. 그러니 그녀의 작은 행복까지 가로막고 싶지 않았다.

"얘, 빨리 나와. 아빠가 기다리시잖아."

외식을 마치고 돌아오자 동환까지 퇴근해 있었다. 마더는 탁대가 옷 갈아입는 시간을 못 기다려 연신 성화를 해댔다.

"어때요?"

탁대는 면접모드로 변신하고 등장했다. 마더가 사준 양복과 넥타이에 셔츠까지 세팅한 복장이었다.

"좋구나. 면접 박살!"

동환이 주먹을 쥐어보였다.

밤이 늦도록 몇 번이고 연습을 한 탁대는 다시 잠자리에 누웠다. 불을 끄니 잊고 있었던 반지가 떠올랐다. 어둠 속에서 은은하게 일렁이는 반지의 이상한 문자, RORBACH.

'이름을 세 번 부르면 꿈에서 만날 수 있다고?

탁대는 돌아누워 버렸다. 개꿈을 믿고 싶지는 않았다. 하지만, 그는 결국 감았던 눈을 번쩍 뜨고 말았다. 자리를 비운 커튼 때문이었다. 아침에 분명 손에서 불덩이가 나갔다. 그냥 나간 게 아니라 커튼을 태웠다. 그래서 지금 창문이 휑하다.

'궁금한 건 확인을 해야지.'

탁대는 반지를 쏘아보았다.

두 번째 탁대와 로르바흐의 만남이 이루어졌다.

로르바흐의 세계는 어제와 비슷했다. 그러고 보니 에드바

르 뭉크의 그림, 절규가 떠올랐다. 파스텔화로 그려진 이 그림은 2012년 뉴욕의 유명한 경매장인 소더비에서 금융자산가 리언 블랙에게 물경 1억 1,992만 달러에 팔렸다.

가격만큼이나 그림도 재미나다. 뒤틀린 인물의 절규는 그야말로 절규의 상징처럼 인상적이다.

로르바호의 세상도 그와 유사한 느낌이 있었다. 막 뭉개진 것 같으면서도 지극히 몽환적인 분위기는 좋게 보면 신비스럽게 보였다.

"내 이름을 불러주어 고맙구나."

로르바호의 목소리는 여전히 공명이었다.

"고마울 거 없어요. 커튼값 받으러 왔으니까."

"유감이군."

"그거 진짜 내 능력인가요?"

"아마……."

"어떻게 된 거죠?"

"첫째는 이 로르바흐 때문이고 둘째는 반지 때문이지."

"당신이 내 반지에 무슨 술법을 걸었군요?"

"내가 건 것이 아니라네."

"오리발인가요?"

"그건 사고라고 보면 되네. 하나의 화염세계가 그대 몸에 떨어짐으로써 피치 못하게 전이된 숨결 같은 것."

"숨결은 무슨… 그렇다고 아무 때나 되는 것도 아닌 것 같던데…….”

“그대는 마나를 다루는 훈련을 하지 않았으니 본능적 발현에 기반하게 되겠지. 하지만 본능도 어느 정도는 통제가 가능하니 익숙해지면 그대의 원에 따라 사용할 수 있음이랴.”

“집채만 한 불을 뿜을 수도 있어요?”

탁대가 묻자 로르바흐는 고개를 저었다.

“그냥 시늉만 가능하다네. 속도나 방향은 조절할 수 있겠지만 위력을 키울 수는 없을 걸세.”

“본능의 통제라는 게 무슨 뜻인데요?”

“위험… 분노… 간절함… 뭐, 그런 것들…….”

“쳇, 그러고 보니 대부분 내가 열 받았을 때 나왔네? 이럴 줄 알았으면 그때 그 양아치 새끼들은 거시기에다 한 방 먹여주는 건데…….”

“…….”

“불 날리면 살짝 피곤해지는 건 왜죠?”

“에너지 때문이지. 힘든 일을 해도 그렇지 않나? 같은 이치라네.”

“내 몸에 또 다른 변화는 없어요?”

“변화를 주고 싶었지만 잘되지 않았네.”

“어떤 변화요?”

“찰떡 합격!”

“내가 합격하는 거 하고 당신하고 무슨 상관인데요?”

"매우 깊은 상관이 있네."

"그러니까 그게 뭐냐고요?"

"그대가 9급으로 합격해서 4급 공무원이 되어야 내가 다시 내 시대로 돌아갈 수 있음이네."

"지금 꿈이라고 저랑 농담 따먹기 하세요?"

"장난이 아니라네."

"아니면? 당신 시대는 10세기라면서 어떻게 돌아가요?"

"왔으면 갈 수도 있다네. 그건 우주의 진리."

"진짜 뭘 모르시네."

"무슨 뜻인가?"

"당신, 내 몸에 있었으면 내가 9급 합격하는데도 얼마나 끙끙거린 줄 알고 있지요?"

"뼈저리도록!"

"그런데 무슨 4급 서기관을 꿈꿔요 옛날이면 몰라도 요즘은 9급으로 들어가면 대부분 6급 주사로 정년이라고요. 혹시… 기고 날면 더러 사무관 된다는 말은 있지만……."

"나도 아네."

"그런데 그런 말을 왜 해요?"

"그 또한 같은 이치라네. 자리가 있으면 올라갈 수 있음에랴."

"하긴 당신이 사기꾼이 아니라면 가능할 수도 있지요. 책에 나오는 위대한 마법으로 팍팍 도와준다면."

"내 마법은 봉인당해서 그대를 속 시원히 도울 방법은 없다네, 애석하게도……."

"그럼 날 샌 거예요."

"날이 새?"

"게임 끝난 거라고요."

"그대가 내 명운을 쥔 건 인정하네. 하지만 말이 너무 잔혹하군."

"사실을 사실대로 말한 거예요. 4급 되려면 행정고시로 시작해야죠. 그것도 아니면 적어도 7급 정도로 시작하든가?"

"내 미션은 9급부터 시작이라네. 단계를 생략할 수 없어."

"진짜 말 안 통하시네."

"……."

"됐어요. 어차피 꿈인데 시시콜콜 따져서 뭐하겠어요? 나 그만 잠에서 깰래요."

"미안하지만 꿈에서는 내 의지에 따라야 한다네. 외부의 물리적인 변화가 없다면 말일세."

"말이 돼요? 내 속에 기생하는 처지에?"

"그대는 모르겠지만 나는 미치도록 그대를 돕고 싶네. 내 세계로 돌아가고 싶은 이 마음은 그대가 9급 공무원이 되려고 까맣게 애를 태우던 마음과도 비교할 수 없음을."

그 말에는 탁대도 대꾸를 못 했다. 매번 떨어지던 그때 얼마나 속이 타들어갔던가? 그건 마더도 헤아리지 못할 아픔이었다.

"아무튼 당신이 내게 특별한 능력이라도 주면 모를까 아니면 가능성은 거의 없어요. 뭐 그렇다고 우리 집안이 빵빵한 것도 아니고……."

"그렇잖아도 모든 능력을 짜내봤는데……."

로르바흐는 탁대를 바라보다가 말꼬리를 붙였다.

"그대에게 줄 수 있는 건 타자환몽뿐이더군."

"타자환몽요?"

"타인을 꿈을 지배할 수 있는 것 말일세. 그조차 길지는 못하겠지만."

"그러니까 내가 남의 꿈에 들어갈 수 있단 말인가요?"

"아마도."

"그게 말이 돼요?"

"아마!"

"어떻게요?"

"답은 그대가 가져온 붉은 표지의 책에 있을 걸세."

"선배 도서관에서 주워온 책요?"

"그 안에 내 풀네임이 있었다고 했지?"

"예."

"내 풀네임을 아는 자라면 나에 대해 연구를 했을 걸세. 어쩌면 라도혼 마법공국의 비밀을 찾아낸 자거나 혹은 그곳에 전하는 마법비기를 알아낸 건지도 모르지."

"그러니까 나보고 그 책에서 타자환몽이라는 마법을 배워라?"

"어쩌면 쓸모가 있을지도 모르네. 내가 써먹었던 것처럼."

"당신이 뭘요?"

"그대의 연인, 고초희……."

"초희에게 써먹었어요?"

놀란 탁대의 목소리가 높아졌다.

"영화관에서 그랬네. 보아하니 어차피 찢어질 운명의 커플이기에 그녀의 꿈에 들어가 그대의 처참한 미래를 적나라하게 보여줬지."

"이 사기꾼!"

탁대가 로르바흐를 덮쳤다. 하지만 그는 사뿐 날아올라 허공에 부유했다.

"그녀는 그대와 짝이 아니라네. 그때 이미 양다리를 걸치고 있었어."

"그래도 그렇지, 왜 남의 사생활에 끼어들고 난리야?"

"덕분에 시험에 합격했지 않았나?"

'합격?'

냉정히 보니 그 말이 맞았다. 초희가 떠난 후부터 탁대의 독기가 제대로 발산되었다. 만약 그녀가 헤실거리며 술이나 사주고 놀자고 했으면 탁대의 각성은 요원했을 일이었다.

"됐어요, 당신 따위는 상대 안 해요. 기생체 같은 소리 하고 자빠졌네.”

어쨌든 치부를 들킨 마음에 탁대는 되는 대로 쏘아붙였다.

“잘 생각하시게. 이 일은 내 염원이지만 반드시 나만의 바람은 아닐세. 그대도 임용되고 나면 승진 욕심이 날 것 아닌가? 4급이 어렵다면 그걸 이뤘을 때의 성취감은 세상을 아우른 느낌일 것.”

“됐다고요!”

“생각이 있으면 그 붉은 책에 서른한 자로 끝나는 문장이 있나 찾아보게. 혹시 찾으면 그 앞머리 글자만 따내서 조합하면 원하는 쪽을 찾을 수 있을 걸세. 그 문장을 한 자 한 자 거꾸로 해석하면 타자현몽을 이룰 수 있을 거네. 물론, 내 풀네임을 찾아낸 인간이 멍청이라면 내 기초마법기록을 놓쳤을 수도 있음이지만.”

“당신 말대로 대마법사라면 아는 마법만 해도 어마어마할 텐데, 딱 타자현몽인가 뭐시기인가가 있다고 장담할 수 있어요?”

“있다네.”

“어떻게요?”

“내가 대마법을 이루는 동안 풀네임을 적은 마법주문서를 잃어버린 건 그게 유일하니까.”

“……?”

6장

짜장면 4인방, 짜포의 탄생

면접 날이 밝았다. 아침 해가 뜨기도 전에 탁대는 자리를 털고 일어났다. 해가 뜨는 동안 햇귀를 고스란히 받으며 면접 예상 문항을 반복했다.

전신거울 앞.

탁대는 목소리를 가다듬고 시선도 다듬었다. 그러다 아랫도리를 보고는 화들짝 놀랐다. 연습에 정신이 팔려 누런 팬티 차림 그대로였던 것이다.

로르바흐는 잠시 잊었다.

'온리 면접 집중!'

세수를 끝낸 탁대는 물이 주르륵 흐르는 얼굴을 보며 의지를 불태웠다.

"어, 수애!"

"어머, 오빠!"

"너도 합격?"

"오빠도 여기 붙었네요?"

"이야, 완전 반갑다."

탁대는 수애의 손을 잡고 한참을 흔들었다. 여기서 만날 줄은 몰랐던 것이다.

"어우, 합격했으면 연락 좀 하지 그랬어요?"

"그러는 너는?"

"난 혹시나 오빠가 떨어졌으면 염장질 될까 봐……."

"이하동문이다."

그건 사실이었다. 옛날에는 공무원 시험에 합격하면 일간지에 발표를 했다고 한다. 그때라면 수험표로 확인할 수도 있었을 것이다. 하지만 지금은 홈페이지에서 직접 확인하니 본인이 아니고는 알기가 쉽지 않았다.

"연습 많이 했냐?"

"몰라요. 떨려죽겠어요."

"그럼 이거 먹어라."

탁대가 내민 건 청심환이었다. 아침에 집을 나설 때 마더가 챙겨준 거. 알고 보니 마더의 자상함과 배려심은 고등학교 때와 별다르지 않았다.

부모의 애정은 그대로였지만 탁대가 빛나는 의지를 보이지 않자 자괴감 때문에 툴툴거린 모양이었다. 그걸 모르고 버린 자식 취급한다고 엇나갔으니…….

"오빠는 먹었어요?"

"난 아빠가 주는 계란 두 개로 끝!"

"계란?"

"그거 먹으면 목소리가 부드러워진다고 하시길래……."

"전에 생굴 먹고 식중독 걸렸다면서 또 날 것을 먹었어요?"

"그래서 먹는 것처럼 하고 서랍에 두고 왔어. 아빠가 알면 섭섭해할 테니까 가서 먹으려고."

"뭐 물어볼 거 같아요?"

"왜 이래? 나보다 더 많이 연습했을 거 같은데?"

"선배 말이 겸손하고 적극적으로 솔직하게 대답하면 별문제 없을 거라던데……."

수애의 정보도 별다르지 않았다. 이렇게 면접은 전후가 완전히 다르다. 면접 전에는 세상의 모든 것을 알고 가야 할 것 같지만 막상 면접을 치룬 사람들 이야기는 허무할 정도로 별거 아니었다고 한다.

면접은 긴장감과의 싸움.

많은 선배들이 이구동성으로 하는 말이다. 갑과 을의 본질

적 특성 때문에 면접자는 긴장한다. 그 긴장이 크면 아는 것도 대답하지 못한다. 그것만 조심하면 된다. 왜냐면 이미 필기를 합격하고 온 수험생이라면 그만한 공부량이 뒷받침되고 있기 때문이다.

"어머, 저분!"

면접대기실에 들어선 수애가 손을 뻗었다. 그 손이 가리킨 곳에 은돌이 보였다.

"탁대 씨, 수애 씨!"

은돌이 반가운 듯 손을 흔들었다.

"저기 재광 씨도 있어요."

"이야, 이거 그 중국집 짜장면이 행운의 짜장면인데요?"

맨 끝 의자에 앉아 있던 재광이 다가왔다.

"그럼 끝나고 종고 옆 짜장면 집에 재집합?"

은돌은 여전히 부처님처럼 웃었다. 그런데 은돌은 면바지에 라운드 티, 그 위에 낡은 감색 마이를 걸치고 있었다. 파리가 롤러코스터를 타도록 쫙 빼입은 탁대와 재광, 수애와는 사뭇 표시가 났다.

"이거?"

눈치를 차린 은돌이 면티를 보며 웃었다.

"정장 안 입어도 괜찮아요?"

그러고 보니 몇몇 수험생들은 정장이 아니었다. 그래도 단정해 보이기는 했다.

"내 친구 놈들도 중앙이나 서울에서 공무원 하는 인간 많잖아? 그래서 물어봤더니 정장 같은 건 필요 없대. 내가 워낙 양복하고 구두를 싫어하는데다 괜찮다니까 굳이 입을 필요 없잖아? 넥타이로 목을 꽉 조이면 질문에 답도 못할 것 같고……."

"으아, 진짜 오픈 마인드시네."

재광은 은돌의 담담함에 몸서리를 쳤다.

탁대는 대기실에 모인 수험생들을 바라보았다. 여자 절반에 남자 절반, 척 보아도 나이가 많은 사람도 은돌을 포함해 세 명이나 보였다.

수애와 함께 자리에 앉아 다시 면접문항을 꺼내들었다. 수애는 벌써 허공에 시선을 묶어둔 채 묵음으로 혼자 묻고 답하고 있다. 잠시 후에 면접진행자가 들어섰다.

"수험번호 순으로 입장하게 될 겁니다. 호명하신 분은 지금 나와 주시고 그 다음 번호부터 5분 단위로 대기선에서 준비해 주세요. 면접이 끝나면 퇴장하게 되니까 소지품은 각자 지니고 다니시기 바랍니다."

"어이쿠, 그럼 내가 2번 타자네."

수험번호를 확인한 은돌이 일어섰다.

"아저씨, 파이팅이요."

수애가 낮은 소리와 함께 주먹을 불끈 쥐어보였다.

"짜장면 동지들도 파이팅!"

은돌도 비슷하게 서서 주먹을 쥐어보이고는 돌아섰다.

연륜!

그냥 걷는데도 은은하게 우러나는 여유. 나이는 괜히 먹은 게 아닌가보다. 뚜벅뚜벅 걸어가는 그 모습은 여유 그 자체였다.

'접수도 일찍 해야 하는구나.'

면접장에서 탁대는 생각했다. 탁대의 번호는 뒤쪽이었다. 처음에는 괜찮았는데 경쟁자들이 하나둘 면접장으로 가는 동안 긴장이라는 놈이 슬슬 어깨를 누르기 시작했다.

'엉뚱한 것만 잔뜩 물어보는 거 아냐?'

불안은 늘 새끼를 친다. 그 상상력은 무한하다.

'시장님 이름이 뭐지?'

'아니야. 시장은 뻔하니까 부시장님 이름을 묻는 거 아냐?'

'으헉, 만약 역대 시장 이름을 줄줄이 말해보라고 하면?'

고삐 풀린 상상력은 탁대를 공포의 도가니 안으로 사뿐히 밀어 넣었다.

덜컥!

한 번 흔들린 흉곽은 아래위로 속절없이 흔들렸다. 면접장에 나온 수험생은 선발 예정 인원보다 3명이나 많은 상황. 그러니까 세 명은 면접에서 탈락되는 고배를 마셔야만 했다.

'어쩌면 다들 빵빵한 빽이 있을지도 몰라. 누구는 시장 조카, 누구는 부시장 동생 아들, 또 누구는 국회의원 누나 아들…….'

회의하는 마음에 은돌이 떠올랐다. 50이 넘어 응시한 은돌은 무슨 배짱일까? 어쩌면 면접에서 짤릴지도 모른다. 그런데도 은돌은 천하태평이었다.

'은돌 아저씨도 빽이 있는 게 틀림없어.'

상상력은 탁대의 뇌 안에서 온갖 활개를 치고 다녔다.

'이럴 줄 알았으면 로르바흐에게 타자환몽인가 뭔가 하는 걸 배우는 건데. 그럼 면접관들 다 재우고 꿈속에서 나 합격시키라고 할 수 있을 텐데…….'

어처구니없는 생각까지도 밀물이 되어 밀려들었다. 하지만 이미 면접장이다. 여기서 믿을 건 오직 자신밖에 없었다.

'8부 능선…….'

마음을 가라앉힌 탁대는 목표를 생각해 보았다. 9급 공무원이 되기 위한 길은 아직 정상이 아니었다. 8부 능선에 서 있는 것이다. 언제나 거기가 어려웠다. 조금만 올라가면 끝인데 숨이 턱까지 차서 주저앉아 버리게 되는 8부 능선.

이번에는 반짝거리는 양복을 보았다. 마더는 어디서 돈이 났을까? 그러고 보면 최근 10여 년 동안 마더와 동환이 옷을 사는 걸 보지 못한 탁대였다. 그분들의 지출은 생활비와 탁대에게 대한 투자뿐이었다. 그러니 결론은 명백했다.

'티끌 모아 태산…….'

한 푼 두 푼 모았을 것이다. 그걸 아낌없이 탁대에게 내놓았다. 그런 부모를 실망시키고 싶지 않았다. 마음이 거기에까지 미치자 먼지처럼 퍼졌던 생각들이 모여들기 시작했다. 희미해져 가던 탁대의 머리에 탁 하고 등불이 들어왔다.

"조탁대 씨!"

면접 진행직원이 탁대를 호명했다.

"네!"

탁대가 일어섰다. 어깨뼈가 금세 무너질 것 같은 긴장이 비로소 몸에서 떨어져나갔다.

면접관은 세 명이었다. 셋 다 중년의 연배였고 둘은 노타이 차림이었다.

"수험번호 KB00911 조탁대입니다. 잘 부탁드립니다."

탁대는 또박또박 소개를 마치고 자리에 앉았다. 세 책상의 면접관과 한 명의 수험생. 다른 기관은 집단 면접도 있다지만 봉황시는 단독 면접이었다.

"공무원이 되려는 이유가 뭐죠?"

1번 면접관이 먼저 물었다.

"제가 처음 본 공무원은 불친절해서 싫었습니다. 그때 저는 다음에 크면 친절한 공무원이 되고 싶었고, 그런 마음이 쌓여 응시하게 되었습니다."

"혹시 다른 기관과 봉황시에 동시에 합격하면 어떤 곳에 근무할 생각인가요?”

2번 면접관의 질문은 탁대의 마음을 뜨끔하게 만들었다.

“솔직히 말씀드리면 서울시에도 응시했는데 그날 아침에 설사가 나서 시험을 보지 못했습니다. 저는 아무래도 봉황시와 인연인 것으로 생각합니다.”

“그럼 만약 조탁대 씨가 봉황시장이라면 하고 싶은 일 세 가지만 말해보세요.”

3번 면접관의 질문은 탁대의 머리에 빨간 불을 켜버렸다. 시장 이름이나 시정방향도 아니고 내가 시장이 된다면?

‘딱 걸렸다.’

돌발 상황이었다. 9급 공무원에 대한 것만 달달 연습했던 탁대는 당혹스럽기 그지없었다.

“제가 시장이 되면…….”

겨우 운을 떼고 침을 넘겼다. 세 명의 면접관은 각자 편한 자세로 탁대를 주목하고 있었다.

“시 청사부터 깨끗이 청소하겠습니다.”

“청소?”

“당장은 할 줄 아는 게 없으니까요.”

“허헛, 솔직하군.”

2번 면접관이 웃었다.

“우리 시에는 크고 작은 축제가 여러 개 있는데 활성화 방안이 있으면 말해보세요.”

다시 질문을 받은 탁대. 이 질문부터는 입이 제대로 풀렸다. 탁대는 우후죽순으로 타 지자체를 모방해 만들어낸 축제의 단점을 말하고 마지막으로 토마토 축제에 대한 활성화 대안을 제시했다.

축제 진입로에 토마토가 탐스럽게 주렁주렁 달린 화분을 양쪽에 늘어놓아 축제 분위기부터 조성하자는 게 그것이었다.

탁대도 두어 번 가봤지만 축제장 안에서만 이런저런 행사가 있지, 진입로에는 덜렁 현수막만 설치되어 분위기를 제대로 느끼기 어려웠던 경험을 말한 것이다.

마지막 질문은 기피 부서에 발령 받게 되었을 때의 자세에 관한 것이었는데 그것도 솔직하게 대답했다. 따로 만든 나름 모범 답안이 있었지만 분위기상 일부러 꾸며 말할 필요가 없어보였다.

"수고했어요."

그 말을 끝으로 탁대는 면접실에서 나왔다.

'후우!'

안도의 한숨이 나왔다. 다음으로 또 나오려는 게 있었다.

'으악, 마려워.'

탁대는 화장실로 뛰었다. 방광은 강물이라도 들어찬 것처럼 쉽게 비워지지 않았다.

부르르!

인체의 자연 진동(?)이 울리자 모든 게 개운했다. 딱히 올 '우수' 라고 할 수는 없을 것 같았지만 그렇다고 '미흡' 은 아닐 것 같았다.

면접 입구로 나오니 수애와 은돌, 그리고 재광이 기다리고 있었다. 넷은 다시 봉황종고 앞의 짜장면 집에서 뭉쳤다.

"이거 마치 도원결의 같은데?"

은돌이 자리를 잡으며 말했다.

"그러게 말입니다. 우리도 손가락 잘라서 피 섞고 모임 이름 하나 지을까요?"

재광도 싫지 않은 눈치다.

"그럼 짜포 어때요?"

작명은 수애가 먼저 운을 띄웠다.

"짜포?"

"짜장면 4인방. 줄여서 짜포!"

탁대가 묻자 수애가 설명했다.

"뭐, 늙은 나야 끼워만 줘도 감지덕지지."

은돌은 겸손하게 웃었다.

"그러자면 우리 전부 다 합격해야 할 텐데요?"

재광은 다소 걱정스러운 눈치를 보였다.

"웬 엄살? 면접 잘 봤지?"

"묻는 건 대충 대답했는데 채점은 면접관들 마음이잖아요?"

"걱정 마. 아까 세 양반 중에서 둘은 여기 봉황시 사무관들이고 또 한 사람은 옆 동네 기린시 사무관이더라고. 공정성을 위해서 그렇게 구성했다는데 왕 싸가지로 굴지만 않았으면 미흡은 없을 거야."

은돌은 다시 한 번 연륜을 동원해서 짜포를 안심시켰다.

"저 궁금한 게 있어요."

탁대는 은돌을 뚫어져라 바라보았다.

"뭐?"

"면접관들이 아저씨 보고 안 놀라요?"

"아저씨라니? 형님!"

"형… 님."

"뭐 나보고 그러더라. 새까맣게 어린 애들 지시 받으며 일할 수 있겠냐고?"

"그래서요?"

"까짓것 시민을 위한 일이라면 초등학생 지시도 문제없다고 했지. 그랬더니 됐다고 나가보라던데."

"우와, 형님 짱이시다."

귀를 쫑긋 세우고 있던 재광이 엄지를 치켜세웠다. 탁대는 더 묻지 않았다. 빽이 있는지 없는지는 모르지만 은돌의 표정으로 보아 미흡을 받은 것 같지는 않았다.

"그럼 오늘은 홍일점인 제가 쏠게요."

"어허, 그럼 나이 먹은 이 왕오빠는 나잇값 못한다는 소리

들어요.”

은돌이 손사래를 치며 나섰다.

“저도 오빠라고 불러야 돼요?”

수애의 눈자위가 살짝 일그러졌다.

“기왕이면 다홍치마인데 아저씨가 뭐야? 위화감 생기니까 왕오빠로 가자고.”

“좋아요. 짜장면까지 쏘신다니, 콜!”

수애도 시원하게 장단을 맞췄다.

이렇게 결성된 짜포는 쟁반짜장으로 배를 채웠다. 면접, 이로써 공무원 시험에 있어 실력으로 결정될 일들은 모두 끝났다. 짜포는 고량주로 잔을 채우고 중국집이 떠나가라 건배사를 외쳤다.

“짜포, 올 합격!”

그날 저녁, 오랜만에 동창과 후배들을 만나 생맥주를 마신 탁대는 술이 거나하게 올랐다. 취하고 싶지 않았지만 별수 없었다. 시험까지 끝났으니 술을 거절할 명분이 없었다.

“축하한다. 비법 좀 전수해 줘라.”

친구 하나가 술을 따르며 아양을 떨었다.

“11전 12기 비법도 괜찮겠냐?”

“오, NO. 그것만은…….”

탁대가 너스레를 떨자 친구는 몸서리를 쳤다.

"진짜 선배는 신화적인 인물이에요. 나 같으면 진작 포기했을 거라고요."

"야, 우리 부모님은 내가 그러면 바로 호적에서 팠다."

후배들도 혀를 내두르긴 마찬가지다.

"너무 그러지 마라. 나도 진짜 힘들었다."

"하긴 선배, 그래서 연애도 깨졌다면서요?"

탁대 옆의 후배가 끼어들었다. 탁대가 돌아보자 일동은 잠시 침묵 속에 빠졌다. 철모르는 후배가 뜨거운 감자를 까버린 것이다.

"배신도 잘 이용하면 에너지다. 깨지는 게 다 나쁜 것도 아니야."

탁대는 후배의 어깨를 토닥여 주었다. 악의를 가지고 한 말도 아니니 탓할 생각도 없었다.

"아무튼 공무원 되면 우리 좀 잘 봐줘라."

"그래요. 이제 미래 보장이잖아요?"

친구가 한마디 하자 후배들도 덩달아 분위기를 띄웠다.

"알았다. 알았어. 여기는 내가 쏠 테니까 실컷 마셔라."

맥주를 따를 때 반지에서 희미한 빛이 일렁거렸다.

'하긴 당신도 한 잔해야지.'

탁대는 반지 낀 손가락을 술잔에 넣었다.

로르바흐!

물론 그가 한 말을 다 믿지는 않았다. 하지만 홀가분한 날이니 이렇게 하는 것도 나쁘지 않을 것 같았다.

술자리를 끝내고 나오니 밖이 어두웠다. 다른 때 같으면 밤을 새워 마셔야 직성이 풀리겠지만 부모님 생각이 났다.

'나도 철들었나?'

공연한 생각이 얼굴이 붉어졌다. 면접이 끝났다고 문자는 드렸지만 그래도 궁금해할 가족들. 탁대는 거기까지 생각하는 자신이 대견하다는 생각이 들었다.

그때 맥주 뒤에 오는 일들이 탁대의 몸을 노크해 왔다. 방광에 강물이 찼다고 수문 개방 신호를 보낸 것이다.

주변을 돌아보았지만 공중화장실이 보이지 않았다. 지방과 서울의 차이는 이런 데서 엿보인다. 서울 같으면 패스트푸드점도 많다. 거기 화장실은 깔끔하다. 급할 때는 슬쩍 들어가서 일을 보아도 뭐라는 사람도 없다.

하지만 봉황시는 그렇지 않았다. 겨우 찾은 빌딩의 화장실은 잠겨 있었다. 그렇다고 미래의 공무원이 층계참에 대고 실례할 수도 없었다.

탁대는 밖으로 나와 두리번거렸다. 방광은 만수 위로 차올랐다. 수문 개방은 적색경보를 울려댔다. 하는 수 없이 골목으로 들어섰다. 유흥가의 끝, 옆으로 야산이 이어지는 곳이었다.

'시장님, 용서하세요. 그렇다고 옷에다 쌀 수는…….'

막 자리를 잡을 때 뒤에서 뭔가가 바스락거렸다. 놀란 탁대가 돌아보았다. 박스 줍는 할머니였다. 할머니는 쓰레기봉투 옆에 쌓인 박스를 챙기느라 여념이 없었다. 하는 수 없이 몇 걸음 더 으슥한 곳으로 걸음을 옮겼다.

그때였다. 막 수문을 개방하려는데 또다시 부스럭 소리가 들려왔다. 할머니는 아닐 것이다. 일부러 탁대의 방뇨 행위를 보려고 따라왔을 리는 만무했다. 긴장한 탁대가 숨을 죽을 때 숲이 출렁거리더니 엄청난 그림자가 튀어나왔다.

푸륵, 푸르륵!

'으헉!'

놀란 탁대가 물러섰다. 어둠 속에서 두 개의 레이저를 쏘아대는 막강한 살광. 그건 심심찮게 출몰 소식이 들리던 멧돼지였다.

'멧돼지?'

생각하고 말고 할 것도 없었다. 숨 돌릴 사이도 없이 멧돼지가 탁대를 향해 돌진한 것이다. 황소만 한 덩치의 멧돼지는 제비보다도 빨랐다. 얼떨결에 피하지 않았더라면 갈비뼈가 무너져도 모자랄 판이었다.

푸륵!

탁대를 들이박는 데 실패한 멧돼지의 눈에 박스 할머니가 들어왔다. 멧돼지는 앞발로 땅을 몇 번 긁어대더니 바로 할머니를 향해 진격하기 시작했다.

할머니는 눈치조차 채지 못했다. 귀가 어두운 건지 박스 챙기느라 땀을 흘리던 할머니는 멧돼지가 지척에 다가오고서야 털썩 엉덩방아를 찧었다.

"안 돼!"

탁대의 목소리가 허공을 흔들었다.

예비 공무원 눈앞 할머니 비극 외면.

박스 줍던 할머니 예비공무원의 외면으로 참극.

눈앞에 방송 자막들이 스쳐 갔다. 아직 면접 발표도 하지 않았다. 만약 탁대의 코앞에서 참상이 벌어진다면 필기 수석에 면접 우수가 무슨 소용이라.

후끈 달아오른 탁대는 손안에서 홍홍거리는 불덩이를 보았다.

"와아압!"

탁대는 멧돼지를 향해 불덩이를 날렸다.

꽥액!

엉덩이를 강타당한 멧돼지가 탁대를 돌아보았다. 그러더니 탁대를 향해 방향을 틀었다. 탁대는 다시 불덩이를 날렸지만 이번에는 빈 바람만 날아갔다.

'왜 안 생기는 거야?'

조바심을 내는 사이에 멧돼지가 달려들었다.

"사람 살려!"

탁대는 미친 듯이 달렸다. 이럴 때는 36계가 최고였다. 얼마를 달렸을까? 멀리서 순찰차의 경적 소리가 들려왔다. 도로에 정차한 순찰차에서 경찰이 뛰어내렸다. 그제야 탁대는 걸음을 멈췄다.

탕탕!

초가을 밤, 공포탄에 이어 두 발의 총성이 봉황시의 하늘을 흔들었다.

* * *

로르바흐!

집에 돌아온 탁대는 씻는 것도 잊은 채 붉은 표지의 낡은 책을 넘겼다. RORBACH를 찾는 건 어렵지 않았다.

'어우, 곰팡이 냄새…….'

거기까지만으로도 손에서 악취가 끼쳐 왔다. 내다 버리고 싶은 마음도 있었지만 참았다. 방금 전에 당한 멧돼지를 생각하니 정신이 번쩍 든 것이다.

'하마터면…….'

위기일발이었다. 운 좋게 멧돼지를 피해서 그렇지 만약 들이 받쳤다면? 생각하기조차 끔찍한 일이었다.

'서른한 자로 끝나는 문장이라?'

눈을 부릅뜨고 책을 넘기지만 쉽지는 않았다. 게다가 군데

군데 묻은 오물 때문에 글자 수를 파악하기 곤란한 곳도 많았다.

'이건 또 뭐야?'

탁대의 시선이 멈춘 곳은 육망성 그림이었다. 그 옆으로 수많은 기호가 보였다. 아마 초기 원소기호인 것 같았다. 그러다 한 그림에서 안구가 멈췄다. 꿈을 그린 그림이었다.

'이게 타자현몽인가 뭔가 하는 마법일까?'

그림 속에서 마녀처럼 보이는 여자가 주술을 외고 있었다. 그 옆에 놓인 청동화로 안에는 수많은 기호들이 끓어 넘쳤다. 바닥에는 해골들이 바글거린다. 탁대는 어쩐지 모골이 송연해졌다.

'헉!'

그때 누군가 탁대의 어깨를 짚었다. 놀란 탁대가 책상에 납작 엎드렸다. 엄마였다.

"엄마!"

"탁대야……."

마더의 얼굴에는 핏기가 하나도 없었다.

"왜요? 무슨 일 있어요?"

겨우 숨을 돌린 탁대가 물었다.

"너……."

마더의 쇄골이 흔들렸다. 설마 멧돼지가 집까지? 탁대의 상상이 거기까지 닿았을 때 마더의 입이 조심스럽게 열렸다.

"면접 망친 거니?"

"예?"

그제야 탁대는 마더의 눈자위에 가득한 시름의 정체를 알았다. 쥐 죽은 듯 살금살금 기어들어와 책상에서 열공에 빠진 것처럼 보이는 아들. 누가 봐도 면접 망치고 다시 공부하는 모습으로 보일 게 분명했다.

"그게 아니고 영어, 영어 공부 중이에요. 요즘 공무원도 영어 잘 해야 한다네요."

탁대는 순발력을 발휘해 마더를 안심시켰다.

"진짜지?"

"그럼요. 보세요. 영어 맞죠?"

"어마나!"

탁대가 책을 들이대자 놀란 마더가 비틀거렸다. 하필이면 해골이 득실거리는 그림을 들이댄 것이다.

"죄송해요."

"아니다. 아빠하고 나는… 혹시 네가 면접 망쳤나 해서……."

"오, NO. 저 면접 당당하게 봤거든요. 그러니 걱정 말고 가서 주무세요."

"그래. 너도 그만 자거라."

그제야 마더의 표정이 밝아졌다.

딸깍!

문 닫히는 소리가 들렸다. 그리고,

"여보, 면접 망친 거 아니래요."

하는 소리도 문틈으로 따라 들어왔다. 그제서야 탁대는 다시 책상에 앉았다. 태산 같은 어른으로 보이는 마더와 동환. 하지만 알고 보면 심약하고 여리다. 봉황시 공무원 시험을 겪으면서 탁대는 부모의 마음을 배웠다. 앞으로 잘 해드려야겠다는 생각이 다시 들었다.

'아무튼 서른한 자짜리 문장.'

숨은그림찾기는 피곤하다. 몇 장 넘기다 보니 꾀가 나는 탁대다. 하지만 멧돼지가 떠오르자 또 정신이 들었다.

'여기다!'

새벽 두 시가 넘어서야 탁대는 로르바흐가 말한 문장을 찾아냈다. 알파벳을 세어보니 딱 서른한 자였다.

'앞머리 글자만 따내서 조합하면 원하는 쪽이 나온다고?'

두 번째 조건의 퍼즐을 맞춰 들어갔다. 단어를 조합하니 part 31의 제목이었다. 새 단원이 시작하는 쪽에는 아홉 줄짜리 문장이 버티고 있었다.

'이걸 거꾸로 해석하라?'

마른침을 넘긴 탁대는 물을 한 모금 마셨다.

로르바흐!

황당무계!

두 개의 단어가 머리를 스쳐 갔다. 로르바흐는 허상이 아니었다.

즉 개꿈이 아니라는 사실. 그건 반지와 이 책, 그리고 불꽃이 증거였다. 느닷없이 반지에 문자가 새겨졌고, 로르바흐의 의지에 따라 순간 열전도가 되며, 불꽃을 던질 수 있으며, 그 증거가 되는 고서까지 나왔다.

황당무계는.

간단히 말해서 이걸 어떻게 믿을 수 있느냐의 문제였다.

하지만 세상에는 과학으로도 설명할 수 없는 일이 많았다. 멧돼지만 해도 그렇다. 봉황시에는 가끔 미친 듯 멧돼지가 등장한다. 작년 가을에는 시립병원에 뛰어들기도 했었다.

그런데 이런 일은 큰 도시에는 있을 수 없는 일이다. But, 심지어는 서울에 나타날 때도 있다. 뿐인가? 얼마 전에 동남아 어느 나라의 거대한 비행기가 흔적도 없이 사라진 일도 있다. 인공위성과 레이더가 지천인 현대사회에서 있을 수 없는 일이 일어났다.

이렇듯 세상에는 상식을 뛰어넘는 일이 지천이었다.

'나인? 그리고 매직… 메르센… 프라임 넘버… 써티 원… 캔털레이트면…….'

해석은 그렇게 어렵지 않았다. 그 험난한 9급 공채를 자그마치 12번이나 대비한 실력(?)이 아닌가? 쿨럭!

아홉 개의 마법 시동어를 메르센 소수의 날에 한 번도 틀리지 않고

서른한 번 영창한다.

탁대는 몇 번인가 해석을 다듬어 문장을 완성했다. 마지막으로 메르센 소수에 대한 정보가 필요했다. 그거야 식은 죽 먹기였다.

메르센 소수=31. 지적이면서도 고독한 소수.

'오, 31에 이렇게 깊은 뜻이?'

지식의 바다는 정말 심오했다. 무심하게 넘긴 것들에도 때로는 우주가 들어 있는 것이다. 얼른 달력을 보았다. 31일은 멀리서 반짝거렸다.

'그럼 이것도 연습해야 하는 거야? 한 번도 틀리지 않으려면…….'

확실히 세상에는 공짜가 없었다.

그날 밤 꿈에 탁대는 로르바흐를 만났다. 로르바흐는 다른 날과 달리 회색 어둠 속에서 고요히 모습을 드러냈다.

"아브라카다브라."

로르바흐가 두 손을 모아 합장을 했다.

"그것도 주문인가요?"

"그대에 대한 나의 축복이로다."

"축복을 내리시려면 진작 내리시지. 하마터면 멧돼지에게 들이박혀 갈 뻔했다고요."

"내 숙주께서 그리 쉽게 갈리야 있나."

"그나저나 그 마법주문어인지 뭔지 찾기는 했어요. 타자현몽인가 뭔지……."

"서른한 번!"

"그런데 왜 하필 31번이에요? 그냥 한 번에 탁 되게 만들지."

"원래는 3001번이었다네."

"에?"

볼멘소리를 하던 탁대 입이 쩍 벌어졌다. 삼천한 번이라면 제대로 할 사람이 누가 있을까?

"마법이라는 게 입으로 쫑알거린다고 발현되는 게 아니거든. 우주의 이치와 에너지, 시전자의 의지를 수평과 수직에 일치시킨 후에……."

거기까지 설명하던 로르바흐는 탁대의 표정을 보고는 입을 닫아버렸다.

"잘 생각했어요. 난 마법사 자격을 따려는 게 아니거든요. 게다가 그건 공무원에 가점도 없고……."

"뭐든 배워두면 쓸모가 있는 법이라네."

"그건 공감해요."

"아무튼 고맙네. 내 말을 새겨들어 줘서."

"내가 보기엔 당신이 다 꾸민 각본 아닌가요?"

"각본?"

"그 책을 보게 하려고 멧돼지를 보낸 거 아니에요?"

"과거라면 그럴 수 있었겠지."

"지금은 안 된다는 뜻이군요?"

"잘 알지 않는가? 나는 그대의 꿈속에 허상으로 존재하고 있네. 살아 있기도 하지만 죽었다고도 할 수 있는……."

"그 기생 삶이 언제까지라고요?"

"그대가 차곡차곡 4급 공무원이 되는 날."

"젠장, 4급 못 되면 살인 저지르는 셈이군요."

"……."

"그렇다고 의문이 다 가신 건 아니에요."

"이해하네."

로르바흐는 담담하게 대꾸했다.

"그 책은 정식 간행물이 아니더라고요. 누군가 자기 임의대로 써서 찍은 거예요. 무슨 말인고 하니 객관성이 떨어진다는 거죠."

"계속하시게."

"그러니까 말해 봐요. 당신이 정말 실존하던 마법사라면 어딘가 당신에 대한 진짜 자료가 남아 있을 거잖아요. 우리나라 삼국사기나 삼국유사처럼……."

"저런!"

탁대의 말을 들은 로르바흐 입에서 탄식이 새어 나왔다.

"왜요?"

"혹시 아틀란티스나 잉카제국을 알고 있나?"

"사라진 문명 말인가요?"

"로도혼도 그와 마찬가지라네. 아니 그 문명들보다 더 비밀스럽고 숭고한 왕국이라고 해야겠군."

"결론은 확인 불가다, 이거로군요."

"꼭 확인해야겠나?"

"당신이 나라면 어떻겠어요?"

말을 하는 순간, 탁대는 당당했다. 처음 만났을 때 허접했던 조탁대는 땀의 참맛을 알고 정진한 이후로 태도가 달라졌다. 이제는 때때로 숙주, 즉 주인으로서의 위엄이 제법 서고 있었다.

"확인시켜 줄 수는 있지만 쉽지는 않아."

"괜찮으니까 말해 봐요. 책이 필요하면 얼마든지 구해볼게요. 그게 바티칸도서관이나 미국 의회도서관의 소장도서가 아니라면 말이죠."

"거긴 아니라네."

"그럼 가능해요."

"……."

"가능하다니까요."

탁대는 우뚝 버티고 서서 재촉했다. 탁대의 의지를 느낀 로르바흐가 잠시 주저하다 입을 열었다.

"바티칸이나 미국은 아니지만… 영국이네!"

"…쿨럭!"

"그대가 공부하는 책을 보고 알았는데 여긴 거기서 멀더군."

"그럼 당신이 영국인이라는 건가요?"

"아니, 나는 지금의 스위스 태생이네. 아버지는 로마 사람이고 어머니는 프랑스인……."

"그리고 지금으로부터 약 1천 년 전 사람이고요."

"그렇게 되겠군."

"영국 어딘데요?"

오기가 바짝 고개를 든 탁대는 계속 로르바흐를 압박해 댔다.

"그대……."

"왜요? 막상 들이대니까 말 못하겠죠? 하긴 설령 어딘가에 당신 흔적이 있다고 해도 지금은 남아 있지 않다고 하면 되겠네요. 벌써 천 년 전이니……."

탁대는 자기도 모르게 빈정거렸다. 로르바흐에 대한 비하는 아니었다. 어쩌면 말도 안 되는 일을 입증하려는 스스로를 탓하는 일이기도 했다.

"스톤헨지… 그곳이라면 반드시 내 흔적이 남아 있을 거라네. 천 년이 아니라 만 년이 흘러도."

'스톤헨지?'

"내가 클래스를 완성할 때까지 종종 수련하던 장소지. 그 북쪽으로 30킬로미터쯤 가면 에이브베리라는 곳이 있는데 그 인근 계곡에 내 비밀 수련장이 있었네. 그곳은 신이 아니면 찾을 수 없으니 지구가 멸망하는 날까지도 남아 있을 걸세."

로르바흐의 눈에서 시퍼런 안광이 쏟아져 나왔다. 가슴이 뜨끔거릴 정도로 굳센 의지. 그건 그의 말에 한 치의 거짓도 없다는 반증이었다.

'영국의 스톤헨지?'

"좋아요. 내가 가서 확인해 보죠."

탁대는 그 말을 쏟아놓다가 잠에서 깨었다.

'스톤헨지?'

해는 아직 밤의 끝자락에서 발을 빼기 전이었다. 스톤헨지는 배운 적이 있었다. 영국 윌트셔주 솔즈베리 평원에 자리한 거대한 유적지. 전공과목을 공부할 때 한 교양교수가 냈던 리포트 과제이기도 했다.

'그러고 보니 저 책에도?'

자연스럽게 시선이 붉은 표지의 책으로 옮겨갔다. 책을 넘기자 조악하게 그려진 스톤헨지의 유적들이 보였다. 탁대는 노트북을 켜고 좀 더 자세한 정보를 확인했다.

'진짜 북쪽으로 에이브베리라는 곳이 있네?'

로르바흐의 말은 전부 사실이었다. 그곳 역시 유럽에서 가장 큰 환상열석이 있는 곳이었다. 무엇보다 마음을 끄는 건 유적들이었다. 투박하게 놓여진 돌들은 어쩐지 신비감을 자아냈다. 저런 곳에서 마법사들이 신성한 의식을 갖는다고 해도 하나도 이상할 것이 없었다.

'드루이드교 성직자들도 여기서 하지 의식을 시행했다고?'

호기심이 급발동하기 시작했다. 면접이 발표되어 최종합격자 발표가 나면 임용일까지는 한두 달쯤 걸린다고 했다

'그렇다면?'

배낭여행이 가능했다.

아침 식사 시간, 동환이 쏟아놓는 이런저런 화제를 듣던 탁대는 동환의 말이 끝나자마자 돌발 선언을 했다.

"저 알바 좀 해서 배낭여행 한 번 다녀올 게요. 혹시 자금이 모자라면 조금만 지원해 주실 수 있을까요?"

마더와 동환은 입을 모아 탁대의 기대에 부응했다.

"무조건 콜!"

7장

식물인간의 기적

"당신……."

탁대가 방으로 들어가자 마더가 동환을 바라보았다.

"왜?"

"돈 있어요?"

"내가 무슨 돈이 있어?"

"그런데 무슨 콜이에요?"

"난 또 당신이 좀 꿍친 게 있나 하고……."

"이이가 정말… 나는 당신이 비상금이라도 있나 했는데……."

"좀 없어?"

동환이 헐렁한 표정으로 마더를 바라보았다.

"조금 있긴 했지만 탁대 면접 양복에 털어 넣었다고요."

"에이……."

"아주버님하고 도련님도 너무 하는 거 아니에요? 그 어려운 공무원 시험을 합격했는데도 겨우 술 한잔으로 입 닦고……."

"아직 완전히 합격한 거 아니잖아?"

"아무튼 난 서운해요."

마더는 그동안 쌓였던 불만을 토로했다.

"외국 배낭여행하는데 얼마나 들어?"

"그래도 몇 백은 들지 않겠어요? 요즘 제주도 비행기값도 장난 아니던데……."

"적금 깨."

"예?"

"어차피 미래를 위해 준비하던 거잖아? 우리한테 탁대보다 더 큰 미래가 어디 있어."

"뭐, 그건 그렇지만."

"깨고 새로 하나 들자고. 오케이?"

"알았어요."

우리한테 탁대보다 더 큰 미래가 어디 있어? 그 말은 방문에서 엿듣던 탁대의 귀에도 녹아들었다. 탁대는 숨을 멈췄다.

날로 늘어가는 잔소리 신공에 무뚝뚝하기만 하던 부모님. 탁대가 반듯한 모습을 보이니 그 사랑하는 마음이 오롯이 느껴지기 시작했다.

책임감!

그게 탁대의 어깨에 달라붙은 것이다.

"엄마."

동환이 출근한 후에 탁대가 마더에게 말을 건넸다.

"왜?"

"배낭여행비 말이야……."

"아빠랑 하는 말 들었어?"

눈치 9단 마더의 본능이 바로 작렬했다.

"그게 아니고……."

"돈 걱정 말고 네가 가고 싶은 데로 계획해서 가. 대신 사고 나고 그러는 위험한 데는 말고."

"고마워요."

"에휴, 뭐가 고마워? 제대로 된 부모라면 출퇴근용으로 소형차라도 한 대 뽑아줘야 할 판에……."

"왜 이러셔? 나 차 있잖아?"

"네가 무슨 차가 있어?"

"있다니까. 엄마 아빠가 준 최고급 BMW."

"BMW? 그게… 뭐냐?"

"B는 버스(Bus), M은 지하철(Metro), W은 걷기(Walking)."

"말이라도 고맙구나."

"시간 되는대로 알바할게. 거기서 좀 모자라는 것만 보태주면 되니까 적금 깨는 건 좀 보류해 둬."

"그래. 하지만 괜히 무리는 하지 말아라."

"네, 마더!"

탁대가 명랑히 대답하자 마더의 얼굴에도 미소가 번져 갔다.

*　*　*

면접결과 발표일은 조금 덜 떨렸다. 확실히 경험은 돈을 주고도 살 수 없는 것 같았다. 한 번 경험했다고 이렇게 다르다니.

이번에는 마더와 동환도 함께 확인했다. 엔터 키는 마더에게 맡겼다.

톡!

그래도 마더는 긴장한 모양이었다. 첫 번째 손가락이 빗나가 버렸다.

"비켜봐. 그것도 하나 제대로 못 쳐?"

동환이 마더를 비집고 들었다.

"왜 이래요? 탁대가 나보고 하랬는데……."

빵빵한 엉덩이로 동환을 밀어낸 마더가 두 번째 엔터를 제대로 명중시켰다.

축하합니다. 조탁대 님은 봉황시 9급 공무원 공채에 최종 합격하셨습니다.

굵직한 글씨가 화면에 떠올랐다.

"와아아!"

마더와 동환이 동시에 환호성을 질렀다.

"합격이에요! 우리 탁대가 최종합격이래요!"

마더는 너무너무 좋은 모양이다. 동환을 껴안고 껑충껑충 뛰는 걸 보니 탁대는 또 콧날이 시큰해졌다.

짜포 4인방은 모두 합격이었다.

탁대는 전화로 그것을 확인했다. 제일 좋아하는 사람은 은돌과 수애였다. 탁대에게도 두 사람은 특별하게 생각되었다.

환갑을 앞두고 합격한 의지의 사나이 채은돌. 그리고 부모님 없이 혼자 생활하며 끝내 합격을 먹어치운 수애. 둘 다 의지의 합격자가 아닐 수 없었다.

* * *

짜포가 다시 만난 건 최종합격자 발표가 나고 일주일 후였다.

알바를 마친 탁대는 약속 장소로 향했다. 지나가던 아저씨가 가방을 돌리다 탁대 팔뚝을 쳤지만 웃어넘겼다. 횡단보도에서는 빨간 불이 되어도 건너지 못하고 수레를 끄는 할머니를 도와주었다.

세상이 변했다. 마음에 여유를 가지니 조급함이 사라졌다.

저만치 경찰들이 보였다. 순찰 중인 경찰이 배달 중인 오토바이를 붙잡고 면허증을 확인하는 모양이었다.

탁대는 괜히 그 옆에서 서성거렸다. 이제는 경찰이 직업을 좀 물어줬으면 하는 마음까지 생겼다.

"공무원 합격자입니다!"

탁대의 입에는 늘 그 말이 걸려 있었다. 얼마나 아름다운 말인가? 속으로만 말해도 가슴이 마구 설레어왔다.

처참한 백수 생활은 끝났다. 비참한 공시 4수의 처절한 일상도 장마 뒤에 뜬 햇살에 밀려 다소곳이 사라졌다.

알바 때도 마찬가지였다. 조금 있으면 정규 공무원이 되실 몸. 그러니 비굴하지 않아도 됐다.

자신감!

그게 탁대를 바꾸고 있었다.

"왕 형님!"

커피전문점 앞에서 탁대가 손을 흔들었다. 수애와 은돌, 재광은 벌써 와서 커피를 마시고 있는 중이었다.

"오빠!"

수애는 자리에서 일어나 탁대를 반가이 맞아주었다.

"축하한다!"

"축하해!"

짜포 4인방은 서로서로 합격의 기쁨을 나누었다.

"이야, 이제 다들 공무원 삘이 나는데요?"

탁대가 커피를 받아들며 너스레를 떨었다.

"오빠도 그래요. 전에는 꼬질꼬질하더니……."

"야, 내가 언제?"

"솔직히 이제야 말인데 오빠 도서관에서 엄청 꼬질했어요. 그런데 요즘 보니 완전 딴판이란 말이지."

수애가 말했다.

"어, 혹시 수애 씨, 탁대 형에게?"

눈치 빠른 재광이 수애와 탁대를 번갈아 바라보았다.

"어허, 수애는 애인 있어요."

탁대가 재빨리 교통정리에 나섰다.

"아무튼 진짜 다행이다. 우리 짜포 4인방, 이제 시청에서도 볼 수 있게 되었잖아?"

"그러게요."

은돌의 말에 수애도 반색을 했다.

"그래도 나는 채용 신검 때문에 걱정이에요."

커피 잔을 내려놓은 재광의 얼굴에 근심이 번져 갔다.

"지병이라도 있어?"

은돌이 관심을 가지고 물었다.

"간이 조금 안 좋거든요. B형 간염 때문에……."

"그럼 불합격되는 거예요?"

"나도 잘 모르겠어. 어떤 사람은 활동성만 아니면 괜찮다고 하고, 또 어떤 사람은 활동성도 된다고 하고……."

"아니, B형 간염 좀 있으면 어때? 그렇다고 업무 못 보나?"

은돌의 목소리가 높아졌다.

"그러게요. 아무튼 잘되었으면 좋겠어요."

재광의 목소리에는 행운을 바라는 소망이 깃들어 있었다.

"우리 어디 가서 간단히 한잔 때릴까?"

은돌이 원샷하는 흉내로 유혹의 그물을 쳤다.

"앙~ 돼요."

그러자 수애가 개그 버전으로 막아서며 말꼬리를 붙였다.

"저 채용 신검 받으러 가야 해요. 그거 잘 받으려면 7일 전부터 금주 금연하고 전날 저녁부터 안 먹어야 좋대요."

"검사 전날 밤 9시 이후로 공복 아니고?"

"나도 그렇게 들었는데?"

수애의 말에 은돌과 탁대가 딴죽을 걸어왔다.

"그건 기본이잖아요? 여기까지 어떻게 왔는데 신체검사에서 떨어져요?"

수애가 잘라 말했다.

결론을 말하자면 짜포 4인방은 커피만 마시고 헤어졌다. 공무원 채용 신체검사에도 설(說)이 많았다.

매독이나 성병 감염자 탈락.

B형 간염 활동성이면 탈락.

간수치가 높으면 탈락.

소변에 피 나오면 탈락.

대충 돌아다니는 풍문만 꼽아도 꽤 되었다. 탁대 역시 검색에서 그 사실을 알았다. 다행히 탁대하고는 아무 상관도 없는 사안이었다. 그래도 마음에 걸리는 풍문이 없을 리 없었다.

'어떤 수험생은 면접까지 합격하고 너무 좋아 친구들과 사흘 밤낮을 퍼먹고 신체검사 갔다가 불합격 맞았다.'

탁대가 신경 쓰이는 소문은 그것이었다. 그러니 괜히 긁어 부스럼 만들고 싶은 생각은 없었다.

공무원 채용 신검.

이 검사는 아무 곳에서나 할 수 없다. 조건을 갖춘 병원만

이 실시할 수 있으며 인정받는다.

전에는 종합병원에서만 실시했지만 지금은 상당 부분 완화되었다. 하지만 그래도 동네 의원에서는 불가능하다. 왜냐하면 채용 신검에 치과, 안과 검사 등이 포함되기 때문이다.

동네의원은 대개 내과나 외과 전문의들이 포진한다. 그래서 여전히 어느 정도 규모를 갖춘 병원에서만 실시하는 형편이다.

이쯤에서 확인 작업!

많은 사람이 궁금해하는 공무원신체검사 불합격 판정 기준 일부를 득템해 보자.

1. 예후가 불량한 악성종양.

2. 중증인 고혈압증(확장기혈압 115mmHg 이상인 자).

3. 유효적절한 치료를 받지 아니한 법정전염병으로서 전염성이 없어지지 아니한 자.

4. 진구성인 아래턱관절강직, 음식물을 씹는 근육(저작근)의 질환 및 손상으로 30mm 이상 입을 벌릴 수 없게 된 자나, 아래턱관절이 탈골되어 다시 맞추기가 곤란하게 된 자.

5. 전염성 또는 중증 결핵증.

등등. 다만 이 경우에도 예외는 있다. 바로 국가유공자, 의

사상자, 장애인의 경우에는 해석을 달리할 수도 있음을 기억해 주기 바란다.

그렇다면 비용은?

다른 일반 신검보다 월등히 비싸다. 그런데 병원마다 가격도 다르다. 그러니 미리 전화해서 가격을 비교하면 2만 원 정도는 세이브할 수 있다.

'그것도 대도시에서나 말이지.'

탁대는 키보드를 치며 눈자위를 구겼다. 쓸 만한 병원이 많지 않은 봉황시에서는 꿈도 못 꿀 일이었다. 그렇다고 서울까지 가자니 그것도 못할 짓.

탁대는 울며 겨자 먹기로 딱 하나밖에 없는 병원에 예약을 해두었다.

국—나물—밥.

면접 전날 하루 종일 먹은 메뉴다. 눈치 없는 동모가 저녁에 치킨과 맥주를 싸들고 와서 시험에 들었지만 넘어가지 않았다.

탁대는 코를 막고 붉은 책 번역에 매달렸다.

파라켈수스. 붉은 책에서 찾아낸 역사 속의 인물. 탁대는 그의 본명에서 또 한 번 놀랐다.

필립푸스 오레올루스 테오프라스투스 봄바스트 폰 호헨하임!

자그마치 25자. 그래도 로르바흐보다는 6자나 짧았다. 이 사람들은 통성명할 때 어땠을까? 열 명만 모이면 이름 대다가 하루가 저물 것 같았다.

파라켈수스는 중세 중기의 실존 인물로 의사이자 마지막 연금술사로 유명한 인물이었다. 그의 대표서는 『대외과서』로 황제의 마음을 사로잡은 명저이기도 했다.

취향은 무척 독특해서 방랑벽에 빠지기도 했고 집시나 마녀, 주술사 등과 어울렸다.

'이 책이 대외과서는 아니고…….'

탁대가 발견한 책은 파라켈수스의 저서는 아니었다. 다만 그가 수집한 각종 연금술이나 마법의 계보를 추적한 내용이 다소 포함되거나 또 다른 연금술 비기들을 모은 책이었다.

그러나 막상 해석해 보면 제대로 된 연금술은 없었다. 내용들은 대개 그러그러한 연금술이나 마법이 누구누구로부터 전한다거나 그런 전설이 있었다로 끝나기 일쑤였다.

'행운이었어.'

탁대는 로르바흐가 일러준 문장을 쓰다듬었다. 이 책을 만든 사람은 로르바흐의 메르센 소수에 숨어 있는 비기를 발견하지 못했음이 틀림없었다. 그건 31글자 밑이 공백으로 남은 게 증명하고 있었다.

책에는 단순히 옛 마법서에서 찾은 마법메모라는 주석 밖에 없었다.

11시.

탁대는 책을 덮었다. 영국 여행 경비 조회는 이미 끝났다.

직항은 비싸지만 2회 정도 경유하면 유류할증료 별도로 왕복 60만 원 내외에서 할인 항공권 구입이 가능했다. 잠은 게스트 하우스를 이용하고 식사는 대충 거리에서 때우면 많은 비용이 들 것 같지는 않았다.

탁대는 붉은 책을 바라본 후에 이불을 당겼다.

숙면을 취해야 신검 결과가 좋다.

그 말은 기억하는 탁대. 말년 병장이 낙엽도 피하듯, 신중에 또 신중을 기하는 탁대였다.

*　　*　　*

"아야!"

채혈하는 임상병리사는 친절했다. 하얀 가운도 잘 어울렸다. 하지만 아픈 것만은 어쩔 수 없었다. 피는 이런저런 시험관 세 곳에 나뉘어 담겼다.

"한 5분 정도 꼭 눌러주세요. 비비지 마시고요."

병리사가 주의사항을 일러주었다. 탁대는 채혈실을 나왔다. 솜을 떼어보니 피가 멈춰 있었다. 탁대는 몇 번 슥슥 문질러 준 후에 솜을 버렸다.

문진표를 작성하고 소변도 받고, 치과에 들러 치아를 검사받았다. 엑스레이도 찍었다. 안과에서 눈도 검안했다. 체중과 키는 알아서 적어내고 나니 검사는 끝이었다.

"이제 술 마셔도 되죠?"

마지막으로 들린 방에서 의사에게 물었다.

"물론이죠."

젊은 의사가 탁대의 속내를 알아차린 듯 웃어주었다. 밖으로 나온 탁대는 한 턱 내라고 조르던 후배 전화번호를 눌렀다.

그런데 아뿔싸!

피를 뽑은 곳의 혈관이 이상했다.

'이게 뭐야?'

처음에는 탁구공이 들어간 줄 알았다. 만져 보니 볼륨감도 상당했다. 하지만 거기 탁구공이 들어갈 리 만무했다.

탁대는 채혈실로 달려갔다.

"이거 왜 이래요?"

탁대가 탁구알을 보여주며 물었다.

"어머, 지혈을 제대로 안 하셨군요?"

"뭘 안 해요? 잘 눌렀는데……."

"제가 5분 정도 누르라고 했잖아요? 금방 떼셨죠? 게다가 바늘 들어간 부분이 아니라 그 위를 누르셨나 봐요."

"아닌데. 잘 눌렀는데……."

대답하며 생각해 보니 양심에 찔렸다. 탁대는 1분도 누르지 않았다. 게다가 솜을 버리기 전에는 반대로 문지르기까지 했다.

"만지지 마시고 가만히 두시면 곧 가라앉아요. 아마 멍이 들 텐데 그것도 그냥 두면 없어지거든요. 그러니 너무 걱정 마세요."

병리사가 친절히 웃었다. 그나마 그런 것과 검사 결과는 아무 상관이 없다니 다행이었다.

'그럼 피 뽑았으니 어디 가서 영양보충 좀 해볼까?'

신체검사가 끝난 오후에 짜포 4인방 번개가 이루어졌다. 그 시작은 재광이었다. 간 검사 수치를 알아봤는데 불합격까지는 아니었다며 업된 기분에 문자를 때린 것이다.

"와, 다행이다."

수애는 자기 일처럼 좋아했다.

"간 수치면 GOT, GPT 그거?"

"그런가 봐요. 그게 정상치가 40까지인데 저는 65 정도 나오거든요. 그런데 B형 간염 정밀검사가 괜찮아서 큰 문제는 없을 거라고 하더라고요."

"없어야지. 고작 그런 걸로 우리가 불합격되면 되겠어?"

은돌은 당연하다는 투로 말했다.

"자, 그럼 거국적으로 한 잔 꺾어볼까?"

은돌이 먼저 호프잔을 치켜들었다.

챙!

잔 부딪치는 소리도 달콤했다. 이제 거의 모든 단계를 다 통과한 진정한 예비 공무원들. 그 기분은 아무도 상상 못할 만큼 가뜬했다.

"그리고 저 주말에 유럽 여행 가요."

재광이 잔을 놓으며 머쓱하게 웃었다.

"어머, 좋겠다."

"딱히 안 가도 되는데 시험에 합격했다고 집에서 보내주신다네."

"가기 싫으면 그 표 나줘요. 나도 가고 싶은데……."

수애는 부러움을 감추지 못했다.

"좋은 때다. 우리 마누라는 하다못해 가까운 서해안 가자는 말도 안 하던데……."

은돌은 들고 있던 잔을 비워냈다.

"그런데 그냥 막 가도 돼요? 우리 임용 전 교육 있을지도 모른다고 하던데……."

수애가 물었다.

"내가 알아봤는데 지금 계획 수립 중이래. 결재 끝나면 합격자들에게 통보해 준다고 했어."

"이야, 이제 보니 재광 씨도 정보통이네?"

"괜히 장기 여행 갔다가 교육에 안 왔다고 불합격되면 어떡해요? 그래서 두근두근하는 마음을 누르고 물어봤죠, 뭐."

은돌의 말에 재광이 자랑스러운 듯 설명했다. 그러면서 슬쩍 탁대를 바라보는 재광.

"형은 무슨 계획 없어?"

"난 알바 중이잖냐?"

탁대는 간단히 둘러댔다. 수애 때문이었다.

수애는 여유가 없다. 돈도 함부로 쓰려하지 않는다. 그녀의 돈은 부모님들의 목숨값이다. 그러니 그녀 앞에서 나도 영국 간다 하고 떠벌려서 마음을 쓰게 하고 싶지 않았다.

"아흠, 어디로 발령 날까? 마구 궁금해지네."

재광이 눈빛을 번득거렸다. 그건 탁대도 궁금한 일이다.

소문으로 듣기에 공무원의 보직도 꽃보직이 있다고 한다. 보통 봉황시 같은 곳에서는 동사무소나 사업소 발령을 찬밥으로 생각한다는 풍문도 들었다. 기왕이면 폼 나는 부서에서 일하면 좋다.

행복은 성적순이 아니잖아요.

임정진 작가의 명저 제목이다. 하지만 공무원 발령은 '성적순'이라고 한다. 발령이 나는 순서도 성적순이지만 힘 있는 부서로 갈 가능성도 높단다.

왜 아닐까? 대한민국은 집만 나서면 성적순이다. 뭔가에 서열을 매겨야만 직성이 풀리는 나라니까.

짜포는 1차를 끝내고 헤어졌다. 2차 물색할 때 은돌의 전화기가 울린 것이다.

“나 축하해 준다고 사촌동생 부부가 왔다네.”

막을 명분이 없었다. 거기다 수애는 술을 잘 마시지 못했다. 그걸 눈치챈 재광이 대리기사를 불렀다. 그것으로 번개가 마감되었다.

수애는 재광의 차에 함께 올랐다. 재광이 중간에 떨궈 주기로 한 것이다. 탁대는 재광의 차가 멀어질 때까지 손을 흔들어주었다.

좋다.

그냥 좋았다. 술을 마셔도, 거리를 걸어도 뿌듯했다. 나는 이제 백수가 아니야. 그것도 자그마치 100 대 1의 경쟁을 뚫은 사람이라고.

자존은 사람을 멋지게 만든다. 탁대는 그 말을 실감하기 시작했다.

하지만!

한 잔 술이 들어간 청춘은 외로웠다. 이렇게 좋은 날, 사랑하는 사람이 옆에 있으면 얼마나 좋을까? 촉수가 그쪽으로 움직이자 초희 생각이 났다.

저만치 앞에 초희와 잘 가던 커피전문점이 보였다. 그 옆의 세계 맥주집은 한때 초희와 탁대의 단골집이었다.

‘저 집 공짜 안주인 뻥튀기, 더럽게 맛없었지.’

눅눅한 뻥튀기가 떠올랐다. 먹을 때마다 불평하던 그 맛이

괜스레 그리웠다.

탁대는 자신도 모르게 전화기를 꺼내들었다. 새삼스럽게 통화 기록을 확인하는 탁대. 그녀를 잊었지만 미련은, 추억까지 퍼펙트하게 사라진 건 아니었다.

'응?'

어두운 유흥가를 걸어가던 탁대가 고개를 들었다.

찔레 모텔.

초록과 은빛조명이 외벽에서 손을 흔드는 그곳. 그 앞에 낯익은 모습의 실루엣이 아른거렸다. 초희였다.

탁대는 걸음을 멈추고 눈을 감았다 떴다. 초희가 분명했다. 그리고 그녀를 잡아끄는 남자도 보였다.

'수혁 선배?'

수혁은 잡아끌고 초희는 안 들어가려고 실랑이를 벌이는 두 사람. 남자는 행정고시를 패스했다는 잘나가는 강수혁이었다.

"싫다니까."

"잠깐이면 된다고. 오늘따라 왜 그래?"

"싫다고 했잖아? 내가 뭐 몸 파는 여자인 줄 알아?"

"누가 그렇대? 잠깐 쉬었다 나오면 되지."

둘의 실랑이는 탁대의 귀에 쏙쏙 박혀왔다. 기분이 묘했다. 그렇다고 선뜻 나설 수도 없었다. 어차피 깨진 사이였다.

그러다 그만 초희와 얼굴이 마주쳐버렸다.

"뭐야?"

수혁도 탁대를 향해 고개를 돌렸다.

"조탁대?"

"……."

탁대는 대답하지 않았다.

"가자!"

수혁은 기분이 상했는지 술집 쪽으로 초희의 손을 잡아 끌었다. 한참을 끌려가던 초희가 그 손을 뿌리치는 게 보였다.

다시 수혁이 초희 손을 잡았다. 초희가 또 뿌리쳤다.

탁대는 모텔 앞에 그대로 서 있었다. 눈 버렸다. 못 볼 걸 보았다.

빵빵!

잠시 정신줄을 놓고 있을 때 경적이 울렸다. 온통 검은 선텐을 한 세단이 모텔로 들어가겠다고 씩씩거리고 있었다.

탁대는 자리를 비켜주었다. 다시 돌아보았을 때 수혁과 초희는 보이지 않았다.

테이크아웃 냉커피를 한 잔 뽑아들고 타박타박 걸었다. 좋아서 뽑은 건 아니었다. 뭐라도 한 잔 들고 있으면 위안이 될 것 같았다.

사라진 줄 알았던 초희는 유흥가 입구에 서 있었다. 탁대는 잠시 걸음을 늦췄지만 멈추기도 곤란해 그녀를 지나쳤다.

"오빠……."

초희의 목소리가 탁대를 막아섰다.

"……."

"술 한잔 사주고 가."

탁대가 돌아본 건 그녀의 유혹 때문이 아니었다. 그녀의 목소리가 너무 축축했다. 여름날 우산 없이 소나기를 만나 흠뻑 젖은 것처럼.

초희는 맥주 세 잔을 거푸 마셨다. 그때까지 탁대는 그냥 그녀를 바라보기만 했다.

어색했다. 한때 그렇게 좋아했던 여자. 그럼에도 불구하고 한 번 틀어진 사이에는 밀어내는 반작용이 만만치 않았다.

"봉황시 시험… 얼마 전에 끝났대?"

초희가 겨우 입을 열었다.

"……."

"잘 봤어?"

"……."

"나 우습지?"

"……."

"수혁이 선배 그 자식, 알고 보니 사기꾼이었어."

'사기?'

"행시 합격한 거 다 뻥이래. 여자도 양다리는 밥 먹듯이 하고……."

탁대가 고개를 들었다.

"나 오빠 배신 때린 거 벌 받나 봐. 그 자식은 만날 때마다 몸만 원해."

"……."

"처음엔 나를 좋아해서 그런 가 했는데 그게 아니야. 만나면 무조건 모텔이 먼저야."

"……."

"그만 끝내야겠다고 생각했는데 정리하기 전에 오빠를 만났네."

"……."

"미안해. 그냥… 언젠가 그 말만은 꼭 하고 싶었어."

"……."

초희는 작별 인사도 없이 일어섰다. 탁대 귀에는 그녀의 하이힐 소리도 들리지 않았다.

세상이 온통 먹먹했다.

이미 깨진 사이였다. 그녀에 대한 미련은, 탁대 자신이 그렇게 허접한 인간은 아니라는 걸 보여주고 싶은 것뿐이었다. 그런데 이렇게 만나다니… 이렇게 꿀꿀하게…….

'븅신… 그런 것도 안 알아보고 덜컥 물다니…….'

마구마구 비웃어보지만 속이 쓰렸다. 떠난 여자지만 불행해지는 건 원치 않았기 때문이었다.

계산을 치루고 나왔다. 심야가 되자 유흥가의 네온사인들은 더 위세를 떨치고 있었다. 외로운 사람은 오라. 내가 너에게 소주와 맥주를 부어 주리라.

터덜터덜 유흥가를 나오던 탁대는 세 번째로 초희를 만났다.

그녀 옆에는 수혁이 있었다. 주차된 차 옆에서 초희를 다그치는 수혁의 모습에 욕망이 가득했다. 억세게 윽박지르자 초희는 수혁 앞에 주저앉아 흐느꼈다.

분노!

그게 후끈 탁대의 가슴팍에 치밀어 올랐다. 탁대의 손에는 자신도 모르게 불꽃이 떠 있었다.

'이거나 처먹어라!'

탁대의 손에서 분노의 불덩이가 날아갔다.

"악!"

비명이 유흥가를 흔들었다. 뒤이어 119 구급대가 돌진해 왔다.

"내 거시기… 거시기……."

수혁의 숨넘어가는 목소리가 들렸다. 탁대는 돌아보지 않고 걸었다. 막힌 곳이 조금 뚫려 나가는 기분이었다.

'땡큐, 로르바흐!'

탁대는 별들이 찰랑거리는 하늘에 대고 혼자 중얼거렸다. 탁대의 사랑은 그렇게 종지부를 찍었다.

* * *

임용후보자 순위 8.

탁대의 임용후보 등록 순위는 기대보다는 좀 낮았다. 적어도 4, 5번 정도는 되지 않을까 했던 것이다. 봉황시의 행정직 선발인원이 9명이니 뒤에서 두 번째. 즉 9명 중 8등이라는 식은 굳이 세울 필요도 없었다.

그래도 크게 실망하지 않았다. 쓸 만한 자격증도 없었고 가점도 워드 외에는 없었다. 게다가 공부 방법을 모른 채 시간만 때우느라 날린 시간이 있었다,

'까짓것 아무렴 어때?'

탁대는 웃으며 등록장을 나왔다.

봉황시의 임용후보자 임용 전 교육은 두 달 후로 잡혔다. 탁대는 홀가분하게 영국행 여정을 준비했다. 그래도 알바는 멈추지 않았다. 가능하면 부모님의 적금을 살리고 싶었다.

배달 대행!

심부름 대리!

아무것도 가리지 않았다. 심지어, 도로 공사 노가다도 며칠 뛰었다. 공사 중인 장소 앞에서 깃발을 흔들며 차량을 유도하는 일이었지만 쉽지는 않았다.

저녁이면 까만 가래가 나오고 콧물은 거무튀튀하게 변했다.

'기왕이면 관공서에서 발령 때까지 알바시켜 주면 좋은데. 경험도 쌓고…….'

탁대는 좀 아쉬웠다. 관공서는 이런저런 명목의 일거리가 많다. 공공근로도 있고 학생 알바, 게다가 요즘은 전공 살리기 알바도 연결된다.

문제는 상당수 새로 생기는 알바들이 저소득층 우선이라는 사실. 그러니 차상위를 살짝 벗어난 사람들은 끼인 신세가 되고 말았다.

* * *

"간병요?"

수풀 위의 하늘이 죄다 저녁놀의 키스에 물들어 있을 때 간병 일을 하는 친척 아줌마에게 전화가 왔다.

—그래. 너 아직 출근하는 거 아니라며?

수화기 너머에서 아줌마가 말했다.

"그거 자격증 있어야 하는 거 아닌가요?"

—내가 전담으로 간병하는 아저씨인데 그 집 사모님이 다른 사람 오는 걸 싫어해. 그런데 할머니가 아파서 내가 시골에 며칠 가봐야 하거든.

"그럼 몰래 하라고요?"

—병원이 아니고 개인 별장이거든. 내가 사모님에게 허락

받아뒀으니까 3일만 도와줘. 특별히 할 일도 많지 않거든.

아줌마가 돌보는 환자는 봉황시에서도 방귀 좀 뀌는 집안이었다. 그런데 사고로 식물인간 선언을 받자 별장에서 요양 중이었다.

―좀 봐줘. 내가 사모님에게 네 자랑하다가 슬쩍 말했더니 그러라고 했거든. 우리 사모님 까다로워서 다른 간병인은 싫대.

"에이, 그래도 내가 무슨 간병이에요? 간병의 간 자도 모르는데……."

―그냥 하루에 몇 번 돌아 눕혀주고 대소변만 치우면 돼. 링거는 간호사가 시간 맞춰서 와서 놔주고 가니까 그것 외에는 할 게 없어.

"아, 싫은데……."

라고 말하려 했지만 마침 알바가 끊긴 날이었다. 탁대는 아줌마의 간청을 접수하고 말았다.

별장은 시 외곽의 별장촌에 자리하고 있었다. 봉황시에서도 좀 사는 사람들의 집합소였다.

탁대도 살짝 동경하던 곳이었다. 나중에 돈 좀 벌면 이 동네에 별장 하나 짓고 싶었던 것이다.

"이분이셔."

아줌마가 환자를 소개했다. 핏기가 하나도 없어보였다.

"탁자에 병원 주치의 선생님하고 간호사 선생님 긴급 연락처 있거든. 혹시 무슨 일이 있으면 연락하면 돼. 하긴… 무슨 일이 있을 리도 없지만……."

환자는 벌써 2년째 의식이 없단다. 그러니 이제 와서 벌떡 일어날 리도 없었다.

"한 가지 조심할 건……."

아줌마가 탁대 귀에 대고 속삭였다.

"예?"

"쉬잇!"

탁대가 놀라자 아줌마가 얼른 입을 막았다.

"어쩌겠어? 아저씨가 2년째 이 모양인데… 그러니 혹시 어떤 일이 있더라도 내색하지 말고 질문도 하지 마. 바로 그것 때문에 사모님이 다른 사람 안 들이는 거거든."

"그래도 그렇지."

"어허!"

"알았어요."

아줌마가 다그치자 탁대는 입을 닫았다. 어이가 없지만 탁대가 개입할 일도 아니었다.

식물인간.

말로만 듣던 환자와 단둘이 남으니 기분이 이상했다. 탁대는 환자의 발끝부터 머리까지 천천히 바라보았다. 잠자는 숲

속의 공주가 생각났다.

하얀 피부에 표정 없는 얼굴. 겉보기에는 벌떡 일어나 '너 누구야?' 라고 물어볼 것 같지만 환자는 두 시간이 넘도록 움직이지 않았다.

'아차, 돌아 눕히랬지.'

이건 욕창 때문이다. 누워 사는 환자를 돌아 눕히지 않으면 접촉면에 염증이 생기기 때문이다. 그것 외에는 별로 할 일이 없었다. 밥을 먹는 것도 아니고 잠에서 깨는 것도 아니었다.

얼마 후에 간호사가 다녀갔다. 그녀는 익숙하게 링거를 갈아치웠다. 너무 능숙해서 마치 기계를 보는 느낌이었다.

째각째각!

환자의 머리 위에서 시계의 시, 분, 초바늘이 사이좋게 원을 그리며 돌았다. 24시간 간병이라기에 가져온 책을 읽었다. 지루했다. 어쩌다 환자를 바라보면 벌떡 일어날 것 같은 착각도 들었다.

그날 밤, 사모님이라는 여자가 도착했다. 하얀 세단에서 내린 사람은 둘이었다. 사모님은 폼 나게 조수석에서 내렸다. 운전해 온 남자가 문을 열어준 것이다.

"조탁대 씨?"

안으로 들어선 사모님이 건조하게 물었다.

"네……."

"간호사 다녀갔어요?"

"네."

"별일 없었죠?"

"네."

"아줌마에게 설명은 들었죠?"

"네."

네, 네 소리를 네 번하고 나자 사모님이 돌아섰다. 그녀가 한 일은 환자의 얼굴을 한 번 바라본 것뿐이었다.

'그래도 남편인데 이마의 땀 정도는 닦아주고 손 한 번 잡아줘야 하는 거 아니야?'

탁대는 사모님의 행동이 마땅치 않아 대신 이마를 닦아주었다. 환자는 미동도 하지 않았다.

그때 정원에서 음악 소리가 들려왔다.

'오옷, 역시 남편을 위해서 클래식을?'

가만히 귀를 기울였다. 탁대가 당연히 모르는 노래였다. 그래도 나쁘지는 않았다.

환자를 돌아보았다. 그래도 움직임이 없다. 원래 영화 같으면 이런 장면에서 환자의 눈자위가 꿈틀거려야 한다. 감동을 받아 일어나는 장면. 다시 들어서던 사모님이 그걸 발견한다.

"여보!"

사모님은 달려들고 환자는 눈을 뜬다. 얼마나 감동 만땅

인가?

하지만!

그건 탁대의 상상일 뿐이다. 식물인간이 달리 식물인간인가? 역사적으로야 기적적으로 깨어난 사람도 많다. 최근에는 F1 선수 미하엘 슈마허를 들 수 있다.

독일 출신으로 포뮬러 원 사상 가장 많은 기록을 갖고 있는 그는 지지난해 12월 프랑스 스키장에서 머리를 바위에 부딪쳐 혼수상태에 빠진 후 의식을 되찾지 못했다.

두 차례에 걸쳐 머리 수술을 받은 슈마허는 계속 차도가 없어 식물인간 상태가 계속되는 것 아니냐는 관측이 나오기도 했었지만 기적적으로 깨어났다.

음악 소리가 계속 이어졌다. 너무 오래 끈다. 아무리 감미로운 음악도 오래 들으면 소음이 된다. 게다가 옆에서 정성껏 연주하는 것도 아니면서…….

걸레를 치우려고 밖으로 나왔다. 탁대는 사실 보고 싶지 않았다. 사모님이 타고 온 자가용이 흔들리는 것을.

처음에는 착각인 줄 알았다. 일본이라면 지진일 수도 있었다. 뭐가 잘못되었나 싶어 차 뒤쪽으로 다가갔다. 음악은 다른 곡으로 바뀌어 달리기 시작했다. 차의 흔들림도 더 빠르게 변했다.

'억!'

탁대는 얼른 두 눈을 가렸다. 그리고 소리 없이 뒤로 물러

서서 한달음에 별장으로 들어왔다. 걸레를 빠는데 웩 하고 구역질이 올라왔다.

탁대는 화장실로 가서 음식물을 토해냈다.

'빌어처먹을 연놈들!'

음식이 다 넘어오자 이번에는 욕이 대신 올라왔다. 차가 흔들린 건 지진이 아니었다. 어떤 합리적이고 이성적인 사건이나 사고가 있는 것도 아니었다.

까놓고 말하면!

연놈들이 붙어처먹은 것이다. 달라붙어서 차를 흔들어댄 것이다.

'아, 진짜!'

탁대는 걸레를 집어던졌다. 걸레맞은 거울이 더러워졌다. 그 거울에 알몸의 중년 남녀가 욕망의 기차를 타고 미친 듯이 씩씩거리는 모습이 동영상으로 떠올랐다. 거울을 박살 내고 싶은 걸 간신히 참았다.

탁대가 욕실에서 나오자 차는 조용해졌다. 음악도 멈췄다. 우리는 떳떳하다는 걸 강변이라도 하려는 듯 차 안도 환하게 밝아졌다. 그리고 멀어졌다.

침묵이 내려앉은 방에서 탁대는 환자를 바라보았다.

'아, 이 아저씨 진심 불쌍해지네.'

사모님의 차가 떠나자 애잔한 연민이 들었다.

"아저씨!"

탁대는 건조한 말투로 입을 열었다.

"……."

"알아요? 몰라요?"

"……."

흡사 마네킹과 대화하는 느낌이다. 바라보면 금세 대화가 될 것도 같은데 환자는 마네킹과 크게 다르지 않았다.

'아, 타자환몽!'

한숨을 쉬던 탁대는 손가락을 튕겨 따악 소리를 냈다. 이 기막힌 사연을 전할 방법이 있었다. 바로 환자의 꿈속으로 들어가는 것이다.

'이럴 줄 알았으면 진작 배워두는 건데…….'

아쉬움이 일었지만 어쩔 수 없었다. 로르바흐가 말한 메르센 소수의 날, 31일은 아직 달력의 저만치 뒤에 있었다.

'로르바흐!'

탁대는 마법사를 떠올렸다. 그라면 환자의 꿈속에 들어가는 건 일도 아닐 테니까. 그를 만나 부탁하려면 잠을 자야 한다. 탁대는 작은 의자를 당겨 환자 옆에 다가앉았다. 마음이 급했기 때문이다.

'로르바흐, 로르바흐, 로르바흐!'

주문처럼 이름을 세 번 불렀다. 그리고 눈을 감았다.

로르바흐는…….

나타나지 않았다 잠이 오지 않는 것이다. 다시 한 번 시도

해 보지만 마찬가지다. 급한 마음 때문인지 눈은 오히려 더 말똥거렸다.

'아, 미치겠네.'

수면제가 있을까 환자의 약을 뒤져봤지만 말짱 헛수고였다. 탁대는 약사가 아니다. 설령 있다고 해도 찾을 수 없겠지만 주구장창 잠만 자는 식물인간에게 웬 수면제?

자정이 넘자 다시 한 번 잠을 시도했다. 또 실패였다. 잠이라는 놈, 참 이상하다. 일부러 자려하면 도무지 찾아들지 않는다.

예를 들면 만원 버스나 지하철 같은 곳이 그렇다. 어르신이 타면 일단 조는 척한다. 양심에 살짝 신호가 온다. 그럴 때 진짜 잠이 들면 편하다. 모르고 지나간 일이야 마음이 불편할 것도 없다.

그런데 잠이 안 온다. 자는 척하려니 미칠 지경이다. 결국 탁대는 졸다가 깬 척 하고 자리를 양보한다. 모양 망친다. 차라리 처음부터 양보했으면 뿌듯하기라도 할 것을…….

그래도 지성이면 감천이다.

부단히 노력한 결과 새벽녘에 잠들기에 성공했다.

"영광이군. 숙주의 부름을 받다니……."

로르바흐는 탁대의 꿈속에 모습을 드러냈다.

"열 받아서 죽는 줄 알았어요."

"무엇이건 너무 간절하면 살짝 빗나가는 법이라네."

"알고 있었군요?"

"알아도 모르고 몰라도 아는 게 내 삶이 되어버렸다네."

"어려운 말씀 마시고 좀 도와주세요."

"환자의 꿈속에 들어가서 부인의 불륜을 통지하라?"

"네!"

"저 사람은 의지가 내려앉은 존재… 그대의 궁극적인 바람이 무엇인가?"

"몰라서 물으세요? 아내가 보란 듯이 지척에서 바람을 피우고 있잖아요?"

"의지를 부활시켜 달라?"

"식물인간을 깨어나게 하는 마법은 없나요?"

"있지!"

로르바흐는 담담하게 대답했다.

"오우, 있어요?"

바로 반색하는 탁대.

"하지만 화려한 과거의 영광에 불과하네. 지금 나는 그대의 기생몽에 불과한 것이니……."

"결국 안 된다 이거군요?"

탁대의 미간이 다시 일그러졌다.

"정 분노한다면 저번처럼 그들의 그곳에 불덩이를 날려 응징하면 될 거 아닌가?"

"그건 안 돼요. 이 집에는 감시용 CCTV가 있는데다 그때 하고는 사안이 다르잖아요. 응징을 해도 환자가 해야죠."

"바라건대 부디 그대의 일에나 신경 쓰기를……."

"영국 가는 준비는 잘하고 있거든요. 그러니까 이 사람 도울 방법 좀 강구해 줘요."

"현재 할 수 있는 일은 환자의 꿈으로 들어가 사정을 말해주는 것밖에. 하지만 의지가 없는 사람에게 무슨 도움이 될까?"

"그거라도 해줘요. 혹시 또 모르죠. 열 받아서 일어날지."

"그렇게 하지!"

탁대는 꿈에서 깨어났다. 눈을 비빌 사이도 없이 환자의 곁으로 다가가 손목을 잡았다. '로르바흐, 파이팅!' 그렇게 소리 없이 외치면서.

환자의 체온은 조금 낮았다. 꿈을 위해서라지만 진지하게 살을 맞대고 있으니 기분이 묘했다. 엉뚱한 생각 마시라. 탁대는 지금 동성애를 생각하는 게 아니다.

'이심전심!'

마음으로 통하기가 바로 그것이다. 초희의 배신은 깊은 상흔으로 남았다.

차인 것만 해도 그런데 초희마저 허영심의 덫에 걸려 농락을 당했다. 그런데 여기서 그 연장전을 보는 느낌이었다. 그것도 아픈 사람을 코앞에 두고 버젓이 자행되는 불륜…….

'아픈 놈만 억울하지. 빨리 일어나서 확 엎어버리라고요.'

탁대는 기적이라도 일어나길 기대했다. 하지만 환자는 별다른 움직임이 없었다. 로르바흐는 환자를 꿈에서 만났을까? 다시 잠들어 확인하고 싶지만 빌어먹을 잠은 오지 않았다.

그 대신 가을비가 쏟아졌다. 비와 함께 아침이 찾아왔다.

'아!'

별장 문 앞에서 바라본 가을비는 장관이었다. 노란 은행잎이 융단처럼 곱게 진 정원, 그 위를 쓰다듬는 가을비는 서정 그 자체였다. 탁대는 방으로 돌아와 창문을 열었다.

"들려요? 비가 온다고요."

열린 창틀을 따라 비가 한두 방울 들이쳤다. 시원한 바람도 불어왔다. 그래도 소용없다. 환자는 여전히 숨 쉬는 마네킹일 뿐이다.

사모님은 이날 오후에도 출근(?)을 했다. 이번에도 그 남자와 함께였다.

"별일 없었죠?"

탁대에게는 어제와 똑같은 질문을 던졌다. 하지만 행동은 어제와 좀 달랐다. 이번에는 남자가 별장으로 들어온 것이다. 중년임에도 불구하고 허우대는 멀쩡해 보였다. 둘은 의례적으로 환자를 둘러보고 거실로 나갔다.

의식하지 않으려 했지만 촉수가 저절로 그들에게 향했다. 잠깐 정치 이야기를 하는가 싶더니 사모님이 남자에게 눈짓을 보냈다. 남자는 먼저 일어나 괜히 분재를 만지는 척하다가 2층으로 올라갔다.

'이번엔 여자 차례.'

뻔한 각본이다. 탁대는 책을 읽는 척 하며 사모님에게 눈을 집중시켰다. 아니나 다를까 사모님도 전화기를 만지작거리더니 2층으로 향했다.

'아, 눈깔 삐는 줄 알았네.'

탁대는 그제야 눈을 제자리로 가져갔다. 얼마나 심하게 각도를 틀었던지 사시가 되기 일보 직전이었다.

'내가 변태는 절대 아니다만…….'

탁대는 중력에 끌리는 물체처럼 2층 계단을 밟았다. 다행히 계단은 아무 소리도 나지 않았다. 부잣집 건물은 달랐던 것이다.

'오, 마이 갓!'

계단참에 올라선 탁대는 한숨을 내쉬었다. 2층 방은 한둘이 아니었다. 첫 번째 방문에 대고 귀를 기울였다.

"아, 아!"

하는 소리는 나지 않았다. 한참을 열중해도 마찬 가지였다.

'그렇다면 다음 방.'

소리 없이 발길을 옮겼다. 등에는 괜한 땀까지 송글 맺혀왔다. 나쁜 짓을 하는 연놈은 따로 있는데 내가 왜 쫄아야 하나 생각하니 화가 났다. 그때 가까이에서 야옹 고양이 울음소리가 났다.

탁대는 그 방문에다 대고 귀를 쫑긋 세웠다.

"야옹~ 아, 아, 아!"

고양이 소리에 리듬이 제대로 붙었다. 그러고 보니 발까지 진동이 느껴졌다. 이번에는 제대로 달리는 모양이었다.

동영상… 은 불가능했고 비디오가 안 되면 오디오라도 가동시켜야 했다. 탁대는 녹음 버튼을 눌러 실시간 목소리를 담아냈다.

"몰라, 자기…….

사모님의 코맹맹이 소리.

"오늘 아주 죽을 줄 알아. 나 어제 좋은 거 먹었거든."

의기양양한 남자의 목소리.

"비아그라?"

"그런 건 안 좋아. 풍천장어 좀 몇 마리 먹었더니 아주 터질 지경이야."

"아유, 정력만 쎄 가지고."

리듬은 절정을 향해 진격했다. 맹렬했다. 용암이 솟구치는 분화구, 이제 막 마그마를 뿜어댈 것처럼 극적인 시간. 이제는 귀를 세울 필요도 없었다.

그리고 세상이 조용하게 변했다. 끝난 모양이었다.

"좋았어?"

방출을 끝낸 남자의 목소리가 새어 나왔다.

"응!"

"그렇게 땡기면 아까 말을 하지?"

"간병인 애 때문에……."

"그놈이 뭘 알겠어? 어차피 한 3일 하다 갈 거라며."

"나도 죽겠어. 너무 그러지 마."

"하긴 그 양반 오래 가네."

"그러게 돈 많은 것도 죄라니까. 돈 없었으면 벌써 세상 떴을 텐데……."

"누가 아니래. 그 늙은 딱따구리가 전용 왕진 전용 의사에 간호사까지 붙일 줄을 상상도 못했네."

"따지고 보면 저이보다 시아버지가 먼저 가야 돼."

"그건 그래. 그 양반이 보통 사람이어야 말이지."

"그만 내려가자. 너무 오래 있으면 간병 총각이 이상하게 생각할지도 몰라."

방 안의 목소리는 그것으로 그쳤다. 발소리가 나자 탁대는 재빨리 몸을 돌렸다. 하지만 늦었다. 볼일을 끝낸 남자가 너무도 빨리 방문을 열었다.

다행히 그는 탁대를 발견하지 못했다. 탁대가 급한 김에 몸을 날려 2층 난간을 잡고 대롱대롱 매달렸기 때문이다.

"아, 내 핸드폰."

남자는 잊고 나온 물건을 찾으러 다시 방으로 들어갔다. 그 사이에 탁대는 1층에 착지했다. 발목이 시큰거렸지만 아야 소리도 낼 수 없었다.

절뚝거리며 환자 방으로 들어왔다.

탁!

문소리와 함께 안도의 숨이 나왔다. 문에 기대 환자를 바라보았다. 여전히 무표정하다. 한숨이 한 번 더 나왔다.

'아줌마 말대로 모른 척할 걸 그랬나?'

세상에는 알아서 좋은 일과 몰라서 좋은 일이 있다. 아줌마가 알 정도라면 이런 일이 가끔 생기는 일도 아닐 것이다.

그냥 넘길까 하다가도 고양이 소리만 생각하면 열이 받쳤다.

남편은 식물인간이 되었다. 현대의학으로도 가능성이 없다. 하루 이틀도 아니고 2년도 넘게 지났다. 더구나 여자는 아직 젊었다.

멀쩡한 사람도 불륜에 바람 피우는 세상. 상황이 이러니 사모님에게 연인이 있다고 한들 탁대가 씩씩거릴 일은 없었다. 그런데 왜 하필이면 이 별장에서까지 쌕쌕거리냔 말이다. 왜 내가 하면 로맨스요 남이 하면 불륜이라는 명언을 탁대에게 현장 교육시키냔 말이다.

무심하게 자는 환자를 보니 탁대도 몸이 늘어졌다. 사모님과 남자는 뭘 하는지 조용했다. 긴장이 풀리면서 탁대는 졸음이 쏟아졌다.

선잠의 꿈속에서 탁대는 로르바흐를 만났다.

"만났어요?"

탁대가 물었지만 로르바흐는 입을 다물었다.

"환자 꿈에 들어갔냐고요?"

"그게……."

로르바흐는 텅 빈 시선으로 뒷말을 이었다.

"저 환자는 꿈을 안 꿔!"

"…엥? 그게 무슨 말이에요? 맨날 잠만 자는데 꿈을 안 꾸다니?"

탁대는 믿을 수가 없었다.

"눈을 감고 있다고 다 꿈을 꾸는 건 아니라네."

"진짜예요?"

"그는 지금 그저 회색 세상에 머물고 있네. 그건 꿈도 아니고 의식도 아닌"

"어떻게 그게 가능하죠?"

"꿈에 대해 알기는 하는 건가?"

로르바흐가 탁대를 바라보았다.

꿈!

잘은 몰라도 들은 적이 있다. 꿈은 깊은 잠에서 옅은 잠으로 이동할 때 주로 꾸게 된다. 이를 일컬어 렘수면이라고 한다. 꿈은 주로 이때 꾸는 것이다. 사람에 따라 다르지만 렘수면은 하룻밤에 4회 정도 있다.

상당수는 이때 꿈을 꾸는데 꿈을 꾸지 않는다고 하는 사람들은 꿈을 기억하지 못하기 때문이다.

환자의 경우는 렘수면이 문제가 아니었다. 꿈의 재료가 되는 것은 모두 과거에 얻은 기억이다. 즉, 보고 듣는 모든 것이 꿈의 재료가 되어 꿈에서 재조합되는 것.

그런데 환자는 이제 보는 게 없다. 생각하는 것도 없다. 그러니 그의 꿈은 사막 같은 무채색의 연속일 뿐이었다.

"일이 그렇게 된 것이라네."

로르바흐의 설명이 끝나자 탁대는 한숨부터 쉬었다. 대학 때 교수에게 들은 강의가 떠올랐다. 한 후천성 시각장애인 가수에 대한 일이었다.

"그는 이제 더 이상 꿈을 꾸지 않는다더군."

교수의 말에 탁대와 동기들은 어리둥절해했다. 하지만 다음에 이어진 말은 듣고는 고개를 끄덕이게 되었다.

"시력을 잃어버림으로써 보는 게 없어졌지. 그 후부터는 꿈도 함께 사라졌다는 거야."

시각장애인이나 표강일 환자가 보지 못하는 것은 같았다. 그러니까 눈으로 봐야 그것들이 기억이 되고 기억이라는 재료가 있어야 꿈을 꾸는 모양이었다.

'진짜 세상은 정의 없는 것들의 편이라니까.'

약이 올랐지만 별 수 없었다. 꿈이 비어 있는 바에야 로르바흐라고 해도 별 수가 없는 것이다.

오후 늦게 또 다른 차가 정원에 멈췄다. 차에서 내린 사람은 의사였다. 컵라면을 먹던 탁대는 가벼운 목례로 그를 맞았다.

"간병인이 바뀌었나요?"

의사가 사모님에게 물었다.

"수원댁 아줌마가 일이 있어서 며칠 친정에 갔어요. 내일이면 다시 올 거예요."

사모님이 상냥하게 설명을 했다.

"거 참……."

환자를 바라본 의사가 담담하게 말을 이었다.

"보기에는 금세라도 벌떡 일어나실 것만 같은데……."

의사는 이것저것 살펴보더니 작은 한숨을 토했다. 그래도 사명감은 깊은 의사인 것 같았다.

"학회 같은 데서 새로 들어온 희소식은 없나요?"

사모님이 눈물을 찔끔거리며 물었다. 그 연기가 어찌나 실감나던지 불덩이로 머리카락을 끄시르고 싶은 걸 간신히 참은 탁대였다.

"미국하고 영국 쪽에서 유의할 만한 방법을 실험 중인 거 같은데 시간이 걸릴 것 같습니다."

"시간이 걸리더라도 이이를 살릴 수만 있다면……."

사모님은 또 수건으로 눈덩이를 찍어낸다. 탁대는 저 눈덩이를 도끼로 찍어내고 싶었다.

"힘내세요."

의사는 사모님을 위로했다. 그런 다음 기기와 수액 등을 체크하고는 환자의 엉덩이와 등까지 확인했다.

"자주 돌아 눕혀주세요."

의사가 탁대를 바라보았다. 탁대는 또 목례로 대답을 대신했다.

의사가 떠나자 사모님과 남자는 거실에서 우아하게 차를 마셨다. 모르는 사람이 보면 진짜 지성과 교양이 넘치는 사람들처럼 보였다.

하지만 알고 보면 잘 차려입은 옷과 절제된 표정 속에서 욕망이 부글거리는 속물들이다. 이번에는 남자가 땡기는지 슬쩍 눈짓을 날리더니 먼저 2층으로 올라갔다. 사모님은 잠시 후에 계단을 밟는다.

'또냐?'

그걸 보자 겨우 가라앉혔던 마음이 또 끓어오르는 탁대. 탁대는 살금살금 쫓아올라가 방 안에서 벌어지는 교태 소리를 녹음했다.

고양이 소리는 클라이맥스도 없었다. 올라가는가 하면 내려오고 끝났나 싶으면 또 올라갔다.

'이것들이 무슨 비아그라를 박스로 대놓고 먹나?'

발정난 중년들의 욕정은 끝도 없었다. 그걸 계속 녹음하다가는 아무래도 방문을 부수고 쳐들어가게 될 것 같아서 돌아섰다.

끼이!

환자의 방문이 열렸다. 다른 세상이다. 천장 하나를 사이에 두고 한쪽에서는 욕망의 화산이 폭발하기 직전인데 여긴 침묵과 고요가 바다를 이루고 있었다.

너무나 대조적인 풍경에 열 받은 탁대는 환자의 담요를 거칠게 걷어냈다. 그런 다음 환자의 귀에다 열 받는 소리를 틀어주었다.

"아저씨, 이 소리가 뭔지 알죠?"

탁대는 소리를 계속 반복시켰다.

"실제 상황이라고요. 당신 도와주려고 마법사까지 꿈에다 들여보냈는데 꿈도 안 꿔요?"

"……."

"으아, 진짜 열 받네."

"……."

탁대는 열이 뻗치지만 환자는 미동도 없다. 녹음 볼륨은 좀 더 올라갔다.

"저것들이 둘이 붙어먹는 거 알아요 몰라요?"

핏대 오른 탁대의 목소리도 따라서 높아졌다.

"나 같으면 열 받아서 일어나겠네. 마누라라는 여자가 말이야, 남이 보는 앞에서는 효부처럼 굴다가 기회만 생기면 다른 남자랑 떡을 치는데……."

탁대는 환자를 쏘아보며 말을 이었다.

"당신 저 남자 알지? 모르면 잘 들어두라고. 지금도 저 2층에서 떡을 치고 있잖아. 먹는 떡 말고 불륜 떡 말이야. 떡떡떡!"

이제는 아예 환자의 귀에다 대고 씩씩거리는 탁대.

"어우, 븅신. 저런 걸 마누라라고 사귈 때는 간이라도 빼줬겠지? 요사를 떠는 여우인 줄도 모르고 말이야."

빼액 소리치지만 환자는 여전히 미동도 없다. 소 귀에 경 읽기도 이보다는 나을 것 같았다.

"정 안 되면 꿈에라도 당신 마누라에게 나타나서 조지란 말이야. 나는 네가 한 짓을 다 알고 있다 하고 말이야. 아니지. 이렇게 되면 내가 다시 마법사에게 부탁해서 당신 마누라하고 저 기생오라비 같은 남자 꿈에 들어가게 해야지. 그리고 이렇게 말해주겠어. 니들은 다 죽었어 하고 말이야!"

소리는 질렀지만 그건 쉬운 일이 아니었다. 그러자면 사모님이 잠잘 때 접촉을 해야 하는데 남자가 진드기처럼 붙어 있으니…….

잠시 숨을 고르던 탁대는 인기척에 놀라 돌아보았다.

"헙!"

얼른 벌어진 입을 닫았다. 언제 내려왔는데 사모님과 남자가 문 앞에 서 있었다. 씩씩거린 말을 들었나 싶었지만 그런 표정은 아니었다. 탁대는 얼른 녹음을 꺼버렸다.

"그냥 가도 되는데 인사는 무슨……."

사모님이 남자에게 퉁명스러운 척 말했다.

"그래도 인사는 해야지. 의식은 없어도 말은 들을지 몰라. 사람 몸에서 가장 예민한 게 청각이라잖아."

"나는 차에 가 있을 게요."

사모님은 남자를 두고 돌아섰다. 혼자 남은 남자가 환자 앞으로 다가섰다. 탁대는 도끼눈을 뜬 채 한 발 물러서 주었다.

"가겠네. 얼른 쾌차하시게."

남자가 정다운 척 환자의 손을 잡았다. 그 순간, 탁대가 바라던 기적이 일어났다.

해사한 손목에서 혈관이 도드라지는가 싶더니 환자가 눈을 번쩍 뜬 것이다.

"……!"

"……!"

탁대가 놀라 눈이 휘둥그레졌지만 남자는 그보다 더 놀라는 표정이었다. 그리고 환자의 손이 허공을 가르며 남자의 따귀를 후려쳤다.

"강, 강일이……."

"이놈……!"

환자는 사력을 다해 남자의 멱살을 거머쥐었다. 그러더니 미친 듯이 따귀를 치며 소리쳤다.

"다른 사람도 아니고 네놈이 내 마누라하고 붙어먹어?"

그건 상처 입은 짐승처럼 처절한 울부짖음이었다. 2년 동안 잠긴 목을 열고 튀어나오는 처절한 목소리. 탁대는 넋을 놓고 벽에 기대섰다.

잠시 후에 달려온 사모님은 선 자리에서 오줌을 지리고 말았다. 섹시한 그녀의 다리를 타고 내려온 오줌이 탁대의 발까지 흘러왔다.

"너 이년!"

환자, 표강일이 목이 터져라 소리쳤다. 사모님은 자기 오줌 위로 주저앉고 말았다.

잠시 후에 앰뷸런스와 함께 의사가 달려왔다.

"너희들, 거기 꼼짝 말고 있어!"

환자는 구급차에 타면서도 쉰 소리를 멈추지 않았다. 사실 그건 염려할 필요가 없을 거 같았다. 남자와 사모님은 완전히 패닉에 빠져 움직이지도 못했기 때문이다.

탁대는 하얗게 질린 불륜 커플을 향해 가운데 손가락을 세워보였다.

속이 시원했다.

덕분에 탁대는 간병비를 받지 못했다. 그래도 기분은 좋았다. 이건 알바비 몇 푼을 희생할 만한 가치가 있는 일이었다.

정의!

그건 여전히 살아 있었다.

기적!

그것도 아직은 남아 있는 모양이었다.

기적의 후광은 며칠 후에 탁대에게 날아왔다. 친척 아줌마가 찾아와 300만 원을 내민 것이다.

"이게 뭔데요?"

"표강일 씨가 주는 금일봉이야."

"표강일?"

"있잖아? 네가 간병한……."

"아!"

그제야 탁대는 무릎을 쳤다.

"세상에, 그날 무슨 일이 있었던 거야?"

아줌마가 탁대 쪽으로 얼굴을 디밀었다. 궁금해 죽겠어. 빨리 이실직고해 봐. 아줌마는 그런 표정이었지만 탁대는 입을 열지 않았다.

"뭐가 잘못됐어요?"

합석한 마더가 불안스레 물었다.

"잘못되면 돈을 주겠어? 글쎄 탁대가 2년 동안 식물인간이던 양반을 깨웠대."

"네?"

"대체 뭘 어떻게 한 거야? 아저씨도 그런 말은 일체 없이 그 돈이라도 일단 좀 전해주라던데?"

"그, 그건……."

탁대는 그냥 얼버무렸다. 그건 동네방네 나불거릴 사안이 아니었다.

"사모님이 죽상이 되어서 죄인 꼴이 되었던데 무슨 일인지 알며 말 좀 해봐. 나도 궁금해 죽겠네."

아줌마가 탁대를 재촉했다.

"나도 몰라요. 난 그냥 아줌마가 시키는 대로 기저귀 갈고 열심히 돌아 눕혔을 뿐……."

"진짜야?"

"그렇다니까요."

"그런데 왜 돈을 주는 거지?"

"돈은 필요 없으니까 도로 가져다주세요. 별로 한 일도 없는데요."

"나도 일단 거절했었는데 씨도 안 먹혀. 그러니까 이건 네가 써. 다시 가져가면 나 국물도 없을 거 같아. 나도 그 동안 수고했다고 퇴직금 조로 좀 챙겨줄 거 같거든."

"그래요?"

"아무튼 신기하네. 여태 아무 일 없다가 내가 딱 자리 비운 그 시점에 기적이 일어나다니……."

아줌마는 고개를 갸웃거렸다.

"그 양반네 집안이 굉장하다면서요?"

"그럼. 봉황시에서는 날던 새도 떨어뜨려. 재산이 좀 많은 줄 알아? 그 정도 되니까 식물인간이 되어도 의사까지 붙여서 포기하지 않았지."

"이제 보니 탁대 네 앞날이 팍팍 풀리려나 보다. 그렇잖아도 내일이나 모래쯤 적금 깨려던 참인데……."

마더가 탁대를 바라보았다.

"적금을 왜 깨?"

"우리 탁대, 공무원 임용되기 전에 해외여행 좀 보내주려고요. 그런데 요즘 집안 형편이 넉넉지 않아서 고민하던 참이었거든요."

"어머, 그럼 하늘이 도왔네. 우리 표 사장님도 그렇고 탁대도 그렇고……."

마더의 말을 들은 아줌마가 무릎을 치며 좋아했다.

"아휴, 우리 아들이 여러 모로 엄마를 돕네."

아줌마가 돌아가자 마더가 탁대 손을 잡았다. 여행 경비는 우연과 행운이 겹치며 해결이 되었다.

적금을 깨지 않아도 된다는 것보다도 여우같은 사모님이

아작 나게 되었다는 사실이 탁대는 기뻤다.

'두 얼굴 가진 인간들은 당해봐야 정신 차리지.'

탁대의 코에는 참기름 볶는 냄새가 솔솔 풍겨오는 것 같았다.

『9급 공무원 포에버』 2권에 계속…